小說家之路

HOW TO WRITE A NOVEL USING THE
SNOWFLAKE METHOD
啟發無數懷抱寫小說夢想的人，
「雪花分形寫作法」的十個步驟帶你「寫完」一本好小說

蘭迪‧英格曼森
RANDY INGERMANSON

01 不切實際的夢想　007

歌蒂拉（Goldilocks）從以前便一直想要寫一部小說。她還沒上幼稚園就已經會認字了。進小學之後，她總是成天埋首在書堆中。讀國中的時候，其他孩子們都覺得她是個怪人，因為她竟然真心喜愛讀那些文學課堂上介紹的老派小說。整個高中生涯，歌蒂拉一直夢想著哪天能寫出一本屬於她自己的書。但是當她上了大學，爸媽便勸她該去學點「務實」的東西……

02 你的目標觀眾　015

「每個作家都夢想著他們的書口碑大好。這只有在你取悅了你的目標觀眾之後才會發生；只有在你專為你的目標觀眾寫書才會發生；只有在你打從一開始就清楚明白地選定你的目標觀眾才會發生。」

03 用一句話說故事　027

歌蒂拉氣到想直接走出教室。寶寶熊怎麼這麼遲鈍啊？「我有一直跟你說，你都沒有在聽！我在寫一本浪漫懸疑小說，在講『一名納粹法國女子愛上了打算在 D 日前炸掉諾曼地一座主彈藥庫的受傷美國特務』。」教室裡所有學生全都站了起來，並開始歡呼喝采。

04 你的創意典範　035

寶寶熊跳上筆記型電腦旁的桌子，指著全班。「這很重要，你們這些小說家聽著！你們會收到很多建議告訴你們怎麼樣寫小說。但『建議』就只是『建議』。假使你不喜歡那個建議，假使那個建議對你來說沒有用，那就不要去理它。如果對你來說那是個合用的建議，就順著它做下去。」

05 陷於險境的重要性　045

寶寶熊開始來回踱步。「妳的讀者想要所有這些東西：刺激、決定、新方向，而且他們想要看到這些東西規律地出現。也就是說，妳必須要替它們安排出現的時程。想像妳的故事是一場橄欖球賽好了，那麼妳要在第一節結束時的時候安排一場重大的災難，然後另一場在上半場結束的時候，再一場在第三節結束時。」

06 沒什麼比角色來得更重要 059

寶寶熊搖搖頭。「她已經給『主角』們寫過一句話摘要和一段摘要了，但是其他角色也會有他們自己的故事。每個人都認為他們是自己故事裡的主角。這些人的故事和小說主角的故事不會相同。你必須了解小說裡每一個角色他們個人的故事。你必須知道是什麼在驅動他們，他們在現實生活中渴求什麼，還有他們打算如何得到渴求的事物。」

07 你的一頁故事 073

「我們已經看過如何幫妳的故事寫出『一段摘要』，」寶寶熊說。「現在妳只要把當中的每個句子發展成屬於自己的一段文字就可以了。妳有五個句子，把這段文字展開後妳會得到五個段落，加起來就是一頁。就這樣。」

08 你的人物的秘密故事 083

歌蒂拉搖搖頭。「反派不重要。我不喜歡亨利，而且我認為談論他只是在浪費時間而已。再說，他在第一幕最後就會被殺了。」

「故事的強度取決於故事中反派的強度，」寶寶熊說。「有強力的反派，就會有強力的故事；有無力的反派，就會有無力的故事。而妳的反派很無力。」

09 你的第二場災難與道德前提 093

「是的。從表面看來不見得會是勝利，」大野狼說。「伊莉絲或許找不回她的女兒；她炸掉彈藥庫的任務或許會失敗；她甚至可能沒辦法成功活下去。但重點在於，她的靈魂勝利了。美德本身就是最棒的獎賞。」

歌蒂拉覺得，聽一隻被判謀殺罪的大野狼談論美德，是一件非常詭異的事。

10 為什麼「回頭檢視」是件好事 105

「實際上，作者的工作要比這複雜得多了，」大野狼說。「當作者接到修改意見信之後，按照法律規定，她要打電話給她的經紀人，激動地抱怨那個刻薄、討厭、冷酷又無腦的編輯。她會哀嚎、呻吟、抱怨個三個小時。假使她是情緒化的那種人，她會跟你哭個沒完沒了；假使她不是，那麼她會偷偷開始計畫著如何把郵件炸彈寄給她的編輯。這時候她充滿智慧又傑出的經紀人會勸她懸崖勒馬，提醒她，她可是簽過了有法律效力的合約，要她去看看或許那位編輯在修改意見信上還是有說了那麼一兩個沒那麼低能的意見。」

11 你的長版概要 115

大野狼站了起來，長長地喝了一口咖啡。「概要這東西超級無聊。編輯們討厭讀概要，經紀人也討厭讀概要。我們喜歡讀的是妳實際的故事——這才是有趣的部份。但是妳得先寫出一個概要，不然我們甚至連看都不會去看妳的故事。別問我為什麼，就是個莫名其妙的傳統。所以寫概要的首要原則就是：愈短愈好。」

12 你的角色設定集 121

寶寶熊清了清喉嚨。「你們兩個都漏了很重要的一點。有太多書裡的女主角在第一頁明明是藍眼珠，到了第九十九頁卻成了綠眼珠。『角色設定集』的目的之一，就是要讓你有個地方記錄關於每一個角色的小細節——好讓你不會犯那樣的錯。」

13 你的第三個災難 129

大野狼用手指頭數著。「之前已經有兩場災難了。現在這是第三場——我被控謀殺——而妳決意要不計代價出面挺我。妳現在有什麼樣的感覺？」「害怕，」歌蒂拉說。「興奮。荒謬。準備好要全心投入這場戰役，並且大獲全勝。」

14 你的場景表 139

寶寶熊看著地板，一臉不太好意思。「試算表好用的地方就在於妳能任意加入其它欄位，好幫助妳規劃妳的場景和追蹤工作進度。妳也可以記錄自己花了多少時間寫這個場景，或者妳實際上給這個場景寫了多少字。還有，假使妳的故事情節很縝密，時間點的影響重大，比方像是銀行搶案、或者是謀殺疑案，妳或許還會需要一個『時間戳記』的欄位。」

15 目標、衝突、挫敗 151

「沒錯！我們找到證據了！」歌蒂拉說。「我們得去告訴大會總監才行。這表示兇手仍然逍遙法外，我們說不定有危險，尤其是你。」小小豬的下巴抖動著，牠似乎有點呼吸困難。「噢，天啊！小姐，我頭好暈，妳能幫幫我嗎？」「我來叫救護車。」歌蒂拉把手伸進皮包裡拿手機。

「妳敢！」小小豬從夾克胸口的口袋裡掏出一支小型針筒，指向歌蒂拉。

16 反應、困境、決定 157

「我……我需要請警察來現場一趟，」歌蒂拉說。「我想我找到殺害小豬的真正兇手了。」

17 規劃你的場景 161

「在妳開始寫任何一個場景之前，先作計畫是會有幫助的，」寶寶熊說。

「場景通常有兩種標準模式。一種模式稱為『主動式場景（proactive scene）』，從『目標』開始，接下來以『衝突』貫穿場景，然後以『挫敗』結尾。」

18 開始寫你的小說 173

牠轉身面向全班。「假使你完成了第八步驟，那麼你的小說就有完整的『場景表』了。假使你完成了第九步驟，那麼你已經規劃好每個場景，而且也因為這些不是『主動式場景』就是『反應式場景』，所以你事先就清楚知道這些場景會推著你的故事不斷發展。現在你已經準備好要寫你的小說了，那麼就開始吧。」

19 雪花分形寫作法摘要 179

以下是「雪花分形寫作法」的十個步驟。這些步驟的主要目的是要幫助你寫出第一版的初稿。假使你發現有些步驟對你來說沒有用，那就不要做；你很快就會知道哪些步驟對你來說最有價值。

20 本書的雪花分形寫作 189

我使用了「雪花分形寫作法」來設計這本書的故事。在這一章裡，我會展示我的設計。你會發現這裡的「雪花分形寫作」和故事定稿的內容不完全相同。這沒有關係。「雪花分形寫作法」的重點在於把書寫出來，你的故事會在寫作的過程中不斷演進，別被你自己的設計給綁住了。

01 不切實際的夢想

她打下了小說裡的第一個字:「這」。
歌蒂拉就這麼盯著螢幕看了足足一個小時,
眼裡只有一個可憎、可悲、可笑的字 ──「這」。

「如何讓憎恨寫大綱也討厭有機寫作的你寫出一部小說?」
一場主軸活動的標題躍入她的眼中,
這聽起來就像是為歌蒂拉量身打造的一樣。

歌蒂拉（Goldilocks）從以前便一直想要寫一部小說。

她還沒上幼稚園就已經會認字了。進小學之後，她總是成天埋首在書堆中。讀國中的時候，其他孩子們都覺得她是個怪人，因為她竟然真心喜愛讀那些文學課堂上介紹的老派小說。

整個高中生涯，歌蒂拉一直夢想著哪天能寫出一本屬於她自己的書。

但是當她上了大學，爸媽便勸她該去學點「務實」的東西。

歌蒂拉討厭所謂的「務實」，她仍舊偷偷摸摸地繼續讀她的小說。但她是個順從的女孩，所以她還是照著爸媽的要求去做了。她拿到了非常務實的行銷學位。

大學畢業之後，她找了一份枯燥透頂的的工作——但至少這很務實。

接著她結了婚，沒幾年便生了兩個孩子，先是女生、再來是男生。她辭掉工作，專心當個全職媽媽。

孩子們懂事之後，歌蒂拉帶著他們一一看過自己小時候鍾愛的那些故事，這讓她感受到無比的快樂。

當她的兒子上了幼稚園，歌蒂拉盤算著重新找份工作。但是她的履歷上有一段七年的空白，而她過去所學的「務實」的技能也老早就過時了。

歌蒂拉能應徵的，只剩下那些薪水少得可憐的職務。

她突然意識到「務實」讓她陷入極度的不快樂。

此時歌蒂拉一時興起，決定要來做這件她夢想已久的事——終於，她要來寫一部小說了。

她不在意這件事是否務實。

她不在意是否根本沒有人想看她的小說。

她要做，因為她就是想做。

這是多年來頭一回，她要好好為自己做一件事。

沒有任何人能阻止她。

❄

　　九月一個美麗的早晨，歌蒂拉先送孩子們上學。回到家之後她在電腦前坐下，開啟了一份新文件。她打算寫一個充滿浪漫與懸疑氣氛、激動人心的故事。主角由一位帥氣的男性、一位美麗的女性、和一名反派惡棍擔綱，背景設定在一個動盪不安的年代——第三帝國（The Third Reich）[1] 末年。

　　她打下了小說裡的第一個字：「這」。

　　歌蒂拉沒有繼續打下去。她眼睛直盯著螢幕。接下來，她有成千上萬個字可選；再接下來，又是千萬中選一。

　　可能的選項簡直是無窮無盡。

　　她怎麼樣都打不出下一個字。可能的選項太多了。

　　她沒有勇氣犯一丁點的錯。假使她一開始走錯方向，之後她就得重新來過，那實在是太糟糕了。

　　她可是等了好久才開始動筆寫下這個故事的，她沒辦法承受任何的差錯。

　　歌蒂拉就這麼盯著螢幕看了足足一個小時，眼裡只有一個可憎、可悲、可笑的字——「這」。

　　她知道自己是有能力寫作的；她知道自己是有天份的。她也很清楚有個故事正在她腦子裡醞釀著，但她就是沒辦法把她的故事化為文字。

1　第三帝國即是納粹德國（一九三三年—一九四五年）。

最後她關閉檔案，哭了起來。

哭了大概有五分鐘吧。

然後她擦乾眼淚，做了個深呼吸。她實在是太想寫出一部小說了；她絕對不會讓自己被缺乏相關知識給卡在這裡。

她需要的是可以指導她的人，一位能夠引領她方向的明師。

歌蒂拉打開了網頁瀏覽器，開始搜尋教人如何寫小說的課程、工作坊、或者是演講。

肯定有人可以教她如何實現她的夢想。

很快地，她發現自己住的這個鎮上即將舉辦一場寫作研討會，時間就在明天。

歌蒂拉激動到快要不能呼吸了。她立刻在網路上報名參加這場研討會。明天，她就要學會寫小說的秘訣。

第二天，歌蒂拉準時抵達會議中心。她一在咖啡館外停好車，便匆匆跑進會議中心的大樓裡，領取她的報到資料包。她已經看過活動流程，也找到了她正需要的那場工作坊，《大綱寫作輕鬆學——如何安排你的小說情節》。

歌蒂拉快步前往工作坊所在的那間教室。

教室裡擠進了將近一百名學生。

她在後方找了個空位坐下。

授課的老師是一頭高大的公熊，他介紹自己是「爸爸熊（Papa Bear）」。「我已經有四十年的教學經驗了，我不少學生已經出版了他們自己的作品。寫作的秘訣就在於事先安排好情節。羅伯特・陸德倫（Robert Ludlum）[2] 是我最得意的門生，他可是這一行的佼佼者。」

歌蒂拉開始記筆記。

她學到小說大綱和她小學三年級的時候用上羅馬數字、大寫字母、和一堆縮排的那種大綱寫法完全是兩碼子事。

她學到小說家們所謂的「大綱」（outline），其實指的是「概要」（synopsis），也就是故事的摘要，敘述情節當中的重點。

她學到嚴謹的小說家們通常會寫出五到十段的「概要」，並且一而再、再而三地修改直臻完美。

她學到一段「概要」可能會長達五十至一百頁。甚至更多。

歌蒂拉沒有繼續參加下一場工作坊，她去了會議中心隔壁的咖啡館。她買了杯拿鐵咖啡，並且在僻靜的角落裡找張有遮蔭的桌子坐下來，開始寫她的「概要」。在瘋狂地打完三頁文字之後，她停下來讀自己寫的東西。

她不敢相信自己竟然寫出這樣的內容；她的故事無聊透了。

但是她可不會這樣就放棄。她才寫了三頁，還有九十七頁可以寫呢。

歌蒂拉繼續在電腦上寫著，就這樣一直寫到午餐時間。她看了一下寫作的進度，已經寫了十一頁。

只是她討厭自己寫的故事。

她根本不願意再去想她的故事了。

歌蒂拉覺得糟透了。她知道寫大綱對某些作家來說很有用。羅伯特·陸德倫就是位了不起的作家，她也很喜歡他寫的許多部小說。

但是寫大綱這一招對她來說沒有用。

她不相信這是因為自己太笨的原因。

她知道自己有成為作家的天份。

2　羅伯特·陸德倫（Robert Ludlum，一九二七年—二〇〇一年）是美國知名驚悚小說家，出版的作品全球銷售量達兩億九千萬本以上，以《神鬼認證》系列小說最廣為人知。

她知道自己腦子裡有個故事正在醞釀著。

但是爸爸熊那套寫大綱的方法對她來說，實在是無聊透頂了。

午餐時間，歌蒂拉隨手翻看著研討會的活動介紹，發現了另一場似乎比較適合她的工作坊。《用有機的方法寫小說——如何開啟內在的你》。

歌蒂拉趕往工作坊會場，她早了幾分鐘到。

授課的老師是一頭有著柔和、溫暖、深棕色雙眼的高大母熊，她介紹自己是「媽媽熊（Mama Bear）」。媽媽熊對著歌蒂拉微笑，問了歌蒂拉的名字和她正在寫什麼樣的故事。這場工作坊還沒正式開始，歌蒂拉就知道自己已經找到了一個朋友。

媽媽熊說明了寫小說的秘訣，那就是讓它自然而然地由你的靈魂流瀉出來。沒有必要事先安排你的小說情節；只有那些一板一眼、會計師風格的作家們——那些就連親吻老婆也要按照六個步驟的規矩來的人——才會這麼做。

全班同學聽了無不哄堂大笑。

歌蒂拉覺得鬆了一口氣。沒錯，這就是她一直想要的。「有機寫作法」聽起來就是一種再自然不過的寫作法了。

媽媽熊花了整整一個小時在談有機寫作——或者就像某些作家說的「憑直覺寫作」——的好處。

「這些年來我教過很多學生，」媽媽熊說。「史蒂芬・金（Stephen King）[3] 就是用這種方式寫作的。你不必特別做什麼。你只要坐下，等

---

3 史蒂芬・金（Stephen King，一九四七年——）是美國知名恐怖小說家、導演、編劇、演員，其作品的全球銷售量達三億五千萬冊，以《魔女嘉莉》（Carrie）為其成名之作。

著故事在你的心頭展開，然後把它寫下來。」

歌蒂拉已經等不及要衝出工作坊會場，好立刻展開自己的有機寫作。

工作坊結束的那一刻，歌蒂拉立刻趕回咖啡館，在她的電腦上開啟一份新文件，接著便用力地敲起鍵盤來。故事從她的靈魂流瀉了出來。

就一個字。

「這」。

歌蒂拉滿心期待地等著。她閉上雙眼，等著有更多的文字從她的靈魂中湧現。

等著。

等著。

但她什麼也沒等到。

歌蒂拉用力闔上她的筆記型電腦，開始來來回回地踱步。

是她哪裡有什麼毛病嗎？

她不覺得。

她知道自己想要寫什麼——大概吧。

她知道這是個很棒的故事——或許是。

但是她心裡頭還沒有把故事線想清楚，她沒有勇氣就這麼開始動筆。

她覺得自己需要在動筆之前先想好故事會如何發展。

媽媽熊的「有機寫作法」對她來說似乎太缺乏架構、太含糊不明了。

歌蒂拉拿起她的研討會活動時程表，急切地掃視著。

其中一場主軸活動的標題躍入她的眼中：如何讓憎恨寫大綱也討厭有機寫作的你寫出一部小說。

這聽起來就像是為歌蒂拉量身打造的一樣。

她把所有東西都塞進背包裡，立刻趕往活動教室。

她抵達的時候活動正好要開始，歌蒂拉站在門口，搜尋著教室裡的空位。

現場只剩下一個空位了——就在最前面一排。

歌蒂拉匆匆跑進教室時，所有人都盯著她看。

歌蒂拉尷尬到連耳根都紅了。她急忙找到座位，然後低低地坐進椅子裡。

有件事是肯定的。

她會不斷地嘗試，直到她找出對自己管用的寫作方法。

她絕對不會放棄自己寫小說的夢想。

絕對、絕對不會。

9 02 你的目標觀眾

「類別有什麼重要?」歌蒂拉問。

「現在我要妳想像妳的小說已經出版,
而且也在妳家附近的書店上架了。
有六個人走進這家書店,
稍微有點年紀的男性和女性各一名;
年輕男性和女性各一名;
男孩和女孩各一名。
妳看見他們了嗎?」

歌蒂拉點點頭。

「他們之中哪一位會對妳的小說感興趣?」寶寶熊問。

授課的老師是一頭活力十足的小熊，牠介紹自己是「寶寶熊（Baby Bear）」。

歌蒂拉認為牠的身高絕對不超過三呎（譯註：約九十一公分），她在想為什麼主辦單位會找個看起來這麼年輕的菜鳥老師來授課。

「你們當中有多少人曾經試著給自己的小說寫大綱，然後卻對這件事感到厭煩？」寶寶熊問。

有幾名學生舉了手，其中也包括歌蒂拉。

「那麼有多少人曾經試過『有機寫作』，但是卻發現不管用？」寶寶熊問。

又有另外幾名學生舉了手。

歌蒂拉在想，說不定自己是唯一一個同時試過這兩種方法的人。

「這場工作坊是這系列課程當中的第一場──這是研討會的主軸之一，將會持續進行到研討會結束，」寶寶熊說。「我會教你們一套現在全世界成千上萬的作家都在用於寫小說的方法。這對你來說可能有用，但也或許同樣不管用。**每個作家都是相異的個體，而你身為小說家的首要之務，就在於找出對你自己來說有效的方法。**」

歌蒂拉從椅子上坐直了身子。她很喜歡寶寶熊這種不信口開河的直白。

「我需要一名志願者來幫我一起教授第一堂課，」熊寶寶說。「有誰願意幫忙的？我需要找一個對自己的故事有點想法、也打算要開始動筆，卻不知道該如何下手的人。」

坐在歌蒂拉隔壁的一位老太太舉起她的手。「我有個故事，是在講一個老太太去打開了碗櫥，結果裡頭卻什麼也沒有。」

寶寶熊瞥了一眼老太太的名牌。「呃……哈伯德太太（Mrs. Hubbard）[4]。這麼說來，妳是在寫一部女性小說囉？」

哈伯德太太搖搖頭。「不，我想不算是。我不懂什麼女性小說。

這個故事主要是在講碗櫥；裡頭空空如也的碗櫥，你知道的。目前為止，這個故事我所想到的差不多就是這樣。」

「真抱歉，女士；不過我想找的是進度再稍微更深入一點的志願者，」寶寶熊說。他點了坐在第二排的一頭壯碩的豬。「這位先生，你寫的是哪一類的小說？」

豬先生起身，拉了拉牠的黑色領結。「實際上，我本身沒有在寫小說；我在找人和我共同執筆，幫我寫一個關於一頭勤奮的青年豬脫貧成為有權有勢的企業鉅子的故事。」牠拿下眼鏡在領結上擦了擦。「這有點像是自傳啦，不過我自己不是什麼作家，我只是需要找人幫我把文字寫出來，書自然就會寫好了。」

寶寶熊看了豬先生的名牌。「嗯，小豬先生，你或許有機會在這個研討會上找到幫你執筆的人，不過我現在要找的志願者得是個貨真價實的作家——我是指已經開始動筆卻發現自己寫不下去的人。」

歌蒂拉感覺自己臉頰在發燙。她用雙手搗住自己的臉。

寶寶熊點了她。「這位年輕的女士，妳是不是舉起了手呢？」

歌蒂拉因為一時驚慌而動彈不得。她怎麼可能當著這群聰明靈光的作家的面說出自己那個故事呢？太丟臉了。

寶寶熊走過來站在她面前，用牠溫暖、毛茸茸的熊掌握住她的雙手。「妳寫的是什麼樣的小說呢？」

「我……我不是很確定我的小說是哪一種，」歌蒂拉說。「故事裡頭有個英俊帥氣的男生、有個美麗的女生、還有個大壞蛋，背景是設定在二次世界大戰期間。這會是一個非常刺激的故事。」

寶寶熊點點頭，拉起她的手。「很好，我們可以從這裡繼續下去。

---

4 哈伯德太太（Mrs. Hubbard）的角色來自於《鵝媽媽童謠》（*Mother Goose*）當中的〈哈伯德老媽〉（*Old Mother Hubbard*）。這首童謠的第一段正是在敘述哈伯德老媽打開了碗櫥，卻發現碗櫥裡空無一物。

請妳上來坐在前面這把椅子上，跟我聊聊妳的故事。」

「但是⋯⋯這裡所有人，」歌蒂拉說，「都在盯著我看。」

寶寶熊帶她走到講桌旁的椅子坐下，接著用牠的短腿攀著桌子邊也跳上桌面坐下。「就假裝這裡沒有其他人，只有你和我。跟我聊聊妳的故事吧，那是部浪漫愛情小說嗎？」

「不太⋯⋯算是，」歌蒂拉說。「他們確實愛上了對方，但其中不是只有浪漫情節而已。我把故事背景設定在 D 日（D-Day）[5] 的前夕，有很多事情發生。一隊突擊隊正在執行一項重要的任務，然後⋯⋯」她嘆了一口氣，「我不知道該怎麼說明。」

「妳做得很好，」寶寶熊說。「這是懸疑小說嗎？」

「我不很確定什麼是懸疑小說。」

「懸疑小說的重點在於情節的鋪陳。可怕的事就要發生了，而英雄會出現並加以制止；或者好事即將降臨，英雄就是要來讓好事成真的。」

「呃⋯⋯有點接近，但不完全是，」歌蒂拉說。「我故事裡的女主角是位法國女性，德軍占領期間她住在一個小村落裡。男主角則是一位美國的情報人員，他在一場重要的任務中跳傘到敵營後方，但是卻摔斷了腿。」

「然後他們兩個人相遇了？」寶寶熊問。

「沒錯，就在第一章。然後她照顧他，他便告訴她自己在執行什麼任務。她想要幫他，但是他已經愛上她了，所以他擔心納粹會因此殺了她。然而她跟他爭辯，說收留他在家裡早已經置她自己於險境了。她是一個寡婦，身邊有個小女兒，還有⋯⋯」

5　D-Day原本為軍事術語，用以表示某次作戰或行動發起的當日，最早由一次世界大戰美軍開始使用。由於二次世界大戰中同盟國為反攻德軍佔領的歐洲大陸所採取的諾曼地登陸行動非常具有指標意義，因此後來所謂D-Day若無特別說明，通常都用以指稱諾曼地登陸當日，即一九四四年六月六日。

「哇，哇，哇！」寶寶熊舉起一隻毛茸茸的熊掌，「妳有個超讚的故事啊！妳的故事寫到哪裡了？」

歌蒂拉覺得自己的臉又開始發燙了。「其實……不多。」

「很好，我喜歡！」寶寶熊轉向全班同學。「你們有多少人喜歡她的故事？」

每個人都舉手。哈伯德太太從位子上往前挪了挪身子，她盯著歌蒂拉，彷彿歌蒂拉是個知名人物；小豬則靠著椅背坐，帶著評價的眼光打量著歌蒂拉。

寶寶熊跳下桌子，看著她的名牌。「我想我們該倒帶一下，先回來做個介紹。妳的名字是……歌蒂拉[6]。」他用熱切的眼神看著歌蒂拉的臉。「妳看起來很眼熟。妳之前上過我的寫作課嗎？」

歌蒂拉搖搖頭。她唯一一次見到像寶寶熊這樣的熊已經是很久很久以前的事了，她只想努力忘掉那糟糕透頂的一天。「我才剛開始學習寫作而已。」

「那麼，妳顯然是很有天份的。」

「我有天份？」歌蒂拉說。

「當然！」寶寶熊說。「小說的主要目的在於把我所說的『強烈的情感體驗』帶給你的讀者。而妳的書聽起來就像是會產生出各式各樣強烈的情感。」

歌蒂拉感覺自己的心噗通噗通地跳著。「我更年輕一點的時候，大家都說我這個人『情感太豐富』了。」

寶寶熊用追根究柢的眼神盯著她。「妳為什麼要在意別人對妳怎麼想？」

「因為這很重要！」歌蒂拉說。

---

6 歌蒂拉（Goldilocks）是知名英國童話故事《歌蒂拉與三隻熊》（Goldilocks and the Three Bears）裡的小女孩角色。

「為什麼重要？」

歌蒂拉氣惱地搖著頭。「它就是重要！」所有人一定都認為她和一頭熊爭辯的行為很愚蠢。

寶寶熊只是聳聳肩。「對小說家來說，『情感太豐富』往往是件好事。妳要賣的就只有妳的情感體驗而已。」

整間屋子裡的人都在點頭。

歌蒂拉感到一陣暖流從心裡湧了上來。其他作家對她似乎頗有好感；他們理解她。她希望沒有人注意到她今天早上沒有好好打理自己的頭髮。

寶寶熊開始來回踱步。「那麼，歌蒂拉，妳現在寫的是一部以二次世界大戰時期為背景的浪漫懸疑小說。我們會說這是妳小說的『類別』。」

「類別有什麼重要？」歌蒂拉問。

寶寶熊咧嘴一笑。「當書店從出版社那裡拿到妳的書時，他們需要知道該把妳的書放在哪裡的書架上。一旦他們知道妳的書屬於哪個類別，他們自然就有答案了。」

歌蒂拉從來沒想過這件事。

「現在我要妳想像妳的小說已經出版，而且也在妳家附近的書店上架了。有六個人走進這家書店——稍微有點年紀的男性和女性各一名；年輕男性和女性各一名；男孩和女孩各一名。妳看見他們了嗎？」

歌蒂拉點點頭。

「他們之中哪一位會對妳的小說感興趣？」寶寶熊問。

「這個……所有人吧，我猜，」歌蒂拉說。「我想要我的書成為暢銷書。我要每個人都來買它。」

寶寶熊只管看著她。「我再跟妳多說點關於這些人的事好了。這位有點年紀的大叔頭上戴了頂漁夫帽；大嬸手上套著園藝用的工作手

套。稍微年輕一點的男性打扮像個會計師；年輕女性手裡牽著則是兩個孩子，一男一女。這六個人，哪一位會對妳的書產生興趣呢？」

「年輕女性，」歌蒂拉說。「其他成年人想找的書都是非小說類的，不過這位年輕女性肯定會想看我的小說。還有，這部小說對孩子來說太成熟了點。」

寶寶熊摩擦著牠的熊掌。「好極了！這位年輕女性代表的就是我們所謂妳的『目標觀眾』。妳的小說會是為她而寫，只針對她。她會讀這本小說，而且她會愛上這本小說，因為帶給她強烈的情感體驗。她會和其他人聊這部小說，或許其中有些人也會喜歡妳的書，但沒有人的喜愛程度會像她這麼深。妳同意讓她成為妳的頭號粉絲嗎？」

「噢，那真的是太棒了！」歌蒂拉說。「我完全知道她的感受和她在想什麼。」

小豬站了起來，牠的豬蹄在地磚上用力踩踏，發出很大的聲響。「這聽起來是個非常糟糕的商業決策，」牠說。

寶寶熊轉身過去看著牠。「怎麼說呢？」牠有禮貌地問。

「現代商業需要的是經濟規模，」小豬說。「想要創造最大的營收，你就必須以最少的成本賣掉最多的商品單位，而這要靠你生產出以最小公分母為對象的產品。我就是這樣賺大錢的，而且我也打算這樣寫我的小說。」

寶寶熊抓了抓下巴，眼神望向全班。「你們有多少人希望自己的作品成為百萬暢銷書？」

教室裡每一個學生都舉起了手。

「那麼過去這二十年來，最暢銷的小說系列是哪一部？」寶寶熊問。

哈伯德太太皺起了眉頭。「還不就是那一系列關於哈味波特（Harvey Potter）小鬼頭的三流小說，裡頭有巫師、女巫、和各種邪門

歪道的那一套。」

「那部小說超蠢，」小豬咆哮著說。「我才讀一頁就讀不下去了，那個女人竟然毀謗高尚的德思禮一家人（Dursleys）[7]。」

「那麼誰是《哈味波特》系列小說的目標觀眾呢？」寶寶熊問。

沒有人回答。

歌蒂拉小心翼翼地舉起她的手。「是……十一歲上下的男孩子嗎？」

寶寶熊開始跳上跳下，一邊拍著牠胖胖的小熊掌。「沒錯！男孩子，十一歲上下。你所能想像得到的最小最小的利基市場。所有人都知道男孩子是不看書的；所有人也都知道十一歲的男孩子絕對、肯定不看任何書的，尤其是一本女性所寫的書。然而……」

「哼！」小豬發出嗤之以鼻的聲音。「看《哈味波特》這系列小說的人可多了。雖然天曉得為什麼有人會去看這種沒頭沒腦的書。」

寶寶熊搔搔耳朵。「作者她為一個非常小的利基市場寫了這幾本書──十一歲的男孩子們。但是她取悅了這些男孩子，然後他們就把這些小說分享給十一歲的女孩子們。她們同樣看得很開心，於是她們去跟十二歲的孩子們聊這些小說，接著是十三歲的孩子們。就這樣，直到每個人都在談論這些小說。這是怎麼辦到的呢？」

「是被下了咒嗎？」哈柏德太太說。

「用厲害的行銷包裝次等貨，」小豬說。

「是用出色的寫作取悅她的目標觀眾？」歌蒂拉說。

「答對了！」熊寶寶說。「所以當妳在寫故事的時候，妳不是要寫給全世界看。妳要選擇妳的目標觀眾，而且要盡量清楚明白地定義出妳的目標觀眾是誰。妳寫故事只為了取悅妳的目標觀眾，別去管其他

7　德思禮一家人是《哈利波特》小說主角哈利波特僅存於世界上的親戚（阿姨、姨丈、表哥），在哈利波特一歲父母雙亡時收留了他，但對哈利波特的態度與待遇卻非常差。

任何人。」

「但是假使其他人……討厭我寫的東西怎麼辦？」歌蒂拉說。她沒辦法承受有人不喜歡她的小說這樣的念頭。

「管、它、的、」寶寶熊很興奮，他開始繞著小圈圈跑步。「全世界妳只需要讓妳的目標觀眾開心就好。其他任何人討厭妳的東西，都別管它。」

「我從來沒聽過這麼瞎的說法，」小豬說。

「但是……有很多讀《哈味波特》的人都不是十一歲的男孩子啊！」哈伯德太太說。「應該要多了解各式各樣的人吧。」

「說到我的重點了！」寶寶熊說。「這是妳的行銷計畫，有三個簡單的步驟。」他走到白板前，寫下大大的文字。

你的行銷計畫

一、 選擇你想要取悅的目標觀眾。

二、 完全以你的目標觀眾為對象，寫出最棒的故事。

三、 故事出版的時候，只以你的目標觀眾作為行銷的對象。

四、 你的目標觀眾會告訴全世界。

「那是四個步驟，」小豬說。「看來熊不懂得算術。」

「但是……我們只要做其中的三步驟就可以了，」歌蒂拉說。「第四步驟它自己會發生。我大學的時候修過行銷課，第四步驟是所有做行銷的人都夢寐以求發生的事，這就叫做『口碑』。」

寶寶熊的熊掌在空中揮舞著。「中招了吧！」牠大喊。「每個作家都夢想著他們的書口碑大好。這只有在你取悅了你的目標觀眾之後才會發生；只有在你專為你的目標觀眾寫書才會發生；只有在你打從一開始就清楚明白地選定你的目標觀眾才會發生。」

全班鴉雀無聲。就連小豬也保持靜默。

寶寶熊走到歌蒂拉面前。「現在，讓我們繼續下去吧。妳『真正』的目標觀眾是誰？」

「和我年紀差不多的女性，」歌蒂拉說，她想起自己在大學時修過的人口統計學。

「和妳年紀差不多的女性會讀的小說有很多種。妳的目標觀眾『真正』喜歡讀的是哪一種？」

「冒險刺激的故事，其中會發生一些危險的故事。故事裡有英俊帥氣的男主角和美麗動人的女主角。他們互有好感，但是卻因為害怕會破壞任務而不敢真的相愛。不過他們無法控制自己的感情，反正他們還是墜入愛河了。在此同時，有個壞蛋正等著要拆散他們倆。所有一切都變得愈來愈糟糕，眼看他們的任務幾乎不可能成功了。就算成功，你也可以想見他們其中一個人會壯烈犧牲，讓他們兩個人的愛情徒留遺憾。不過……」

歌蒂拉突然打住。她知道這聽起來很可笑。

「不過，基於種種原因，最後終究會是個圓滿大結局，」寶寶熊說。

「或許吧，」歌蒂拉說。「也或許他們其中一個人會壯烈犧牲。因

為我寫的小說有時候是圓滿大結局，有時候會以悲劇收場，所以不到這本書的最後，你不會知道結局是什麼。」

寶寶熊轉向全班。「這樣的書，你們有多少人會買單？」

屋子裡有好些隻手舉了起來。

哈伯德太太沒有。

小豬也沒有。

一時間歌蒂拉覺得糟透了。不是所有人都喜歡她的小說。實際上，現場有超過一半的人不喜歡她這樣的故事。

「漂亮！」寶寶熊說。「妳看到妳的目標觀眾有多少人嗎？」

歌蒂拉覺得他的口吻聽起來就像那些令人生厭的過度樂觀的熊一樣。接著她開始觀察舉手的人。有些是她曾經想像過會閱讀她的小說的那種人——和她相像的年輕女性。但也有好幾位中年男性喜歡她的故事，幾位有點年紀的太太，還有些是青少年。她還真不知道這麼五花八門的群體在人口統計學上要歸在哪一類呢。

「我想妳有很棒的目標觀眾了，」寶寶熊說。「妳用『他們喜歡什麼』定義出這個群體，而不是用他們的年齡或性別或社經地位；那是按『心理特性』的方法來定義，而不是依『人口統計學』的方法來定義。」

歌蒂拉覺得她的腦子裡一片混亂。難道她在大學時學到的一切都是錯誤的嗎？她明明想要談的是「寫作」，為什麼他們要浪費時間在聊「行銷」？

寶寶熊看了牠的手錶。「我們要休息十分鐘。待會兒回來的時候，我們要繼續和歌蒂拉談她的故事。然後我會教你們如何為你們的小說開發出最強大的行銷工具。」

學生們吱吱喳喳地走出了教室。

歌蒂拉跟在他們後面，心裡直覺得失望透頂。整個大學期間她

都在學行銷，這件事她碰都不想再碰了。她想學的是怎樣寫出一部小說，不是怎樣行銷小說。或許她最好趁現在趕快溜回家。

03 用一句話說故事

一、進行這項工作時，給自己一小時的時間思考。

二、寫下一句話說明：

（一）你的書屬於哪一個分類。

（二）你的主角們是誰。

（三）他們最想做的一件事是什麼。

三、不要透露任何背景故事。

四、為你的目標觀眾描繪出畫面。

五、盡量簡短，但不要短過頭。

　　然而歌蒂拉發現要溜走幾乎是不可能的事。休息時間,她被其他學生團團圍住,所有人都緊追著她問她從事寫作多久了,以及她為何能夠如此優秀的秘訣。

　　歌蒂拉也不知道自己該說些什麼,她只是一口接一口啜飲著咖啡,故作神秘地聳聳肩。即便是在女廁裡,她身邊也圍繞著一群嘴巴說個不停的新朋友。她覺得自己像是個贗品。假使這些作家們發現她只給自己的小說寫了一個字,他們就會知道她根本只是個草包。

　　當下一堂課準備開始時,整間教室裡充滿了興奮的嘈雜聲。

　　歌蒂拉覺得自己真是徹頭徹尾的騙子。

　　寶寶熊要歌蒂拉再次坐上前方的椅子,然後牠開始在她面前踱來踱去。

　　「我們在上一堂課時談到了妳的目標觀眾 —— 妳要用什麼樣的故事去取悅他們。我們還想像了一位年輕女性,她剛好就是妳的目標觀眾。妳可以在心裡頭看見她的模樣嗎?」

　　歌蒂拉點點頭。這名年輕女性和她非常相似。

　　寶寶熊露出微笑。「現在這位女性詢問書店老闆,有沒有什麼好書是她可能會喜歡看的。於是老闆帶著她來到妳的小說前面,跟她說有本新書才剛到,這本書是關於……什麼?」

　　歌蒂拉不知道該說什麼。「這是本浪漫懸疑小說,她會喜歡的。」

　　寶寶熊緩緩點了點頭。「這個開頭不錯。這是本浪漫懸疑小說。不過,只是『告訴』消費者她會愛上這本書還不夠;妳必須『展示』給她看。」

　　「這……」歌蒂拉往臉上搧著風。「我要怎麼做?」

　　「妳用不超過二十五個字跟她說明這個故事,讓她先有個初步的概念。」

　　歌蒂拉想了一分鐘。「好,所以呢,我的故事是關於一位二次世界

大戰期間住在法國的年輕女性，她的先生幾年前從軍之後便死於戰場上。她有一個年幼的女兒，她們只靠著在園子裡種植蔬果根莖類勉強過活。她一直擔心納粹會因為她的女兒身體有缺陷而把她女兒帶走。村子裡有個同情納粹的壞老頭早就對她意圖不軌，她知道如果拒絕他，他就會去跟納粹告她女兒的密，然而這傢伙實在是可惡到令她難以忍受。當她去跟村長抱怨這件事的時候，村長告訴她，我們所有人都必須做出艱難的抉擇，而且……」

「不是有個年輕英俊的美國情報員跳傘，闖進她的生活嗎？」寶寶熊問。

歌蒂拉雙手插在後腰上，瞪著牠。「我快講到那邊了！但是一開始我必須把能夠讓你了解故事的所有一切都先告訴你。」

寶寶熊望向全班。「你們有多少人需要知道歌蒂拉剛剛告訴你們的這一切？」

幾個學生怯怯地半舉起他們的手。

歌蒂拉不解為什麼他們的熱情全都消失了。十五分鐘前，他們明明都覺得她的故事聽起來棒極了。

「妳剛剛說的這些是『背景故事』，」寶寶熊說。「我們想要聽的是真正的故事。」

「但是……你『必須』先知道這些啊，」歌蒂拉說。

「妳有看過弗瑞德里克・福賽斯（Fredrick Forsyth）的《豺狼末日》（*The Day of the Jackal*）嗎？」

「有，很久以前看過。我很喜歡那本書。」

「那本書在講什麼？」

「呃，那是一部在講『法國恐怖份子聘職業殺手暗殺戴高樂（Charles de Gaulle）[8]』的驚悚小說。」

寶寶熊伸出牠的熊掌數著，口中一邊喃喃自語。數完之後，牠對

著歌蒂拉微微一笑，說：「十六。」

「什麼？」歌蒂拉張大眼盯著牠。

「妳用十六個字摘要了這個故事。妳已經告訴我它的類別，也告訴了我足以讓我對它產生興趣的故事內容。」寶寶熊轉向學生們。「假使我現在就在現場賣這本書，你們有多少人會想買？」

有六隻手舉了起來。

「妳說那本小說叫做什麼？」一位學生大喊。

「作者是誰？」另一名學生問。

寶寶熊指了指舉手的六名學生。「你們這些人就是《豺狼末日》的目標觀眾。歌蒂拉剛剛就是把故事摘要成讓你們知道自己會愛上這個故事的形式。做得好！」

歌蒂拉不好意思地低下頭。她根本沒做什麼。這是個好故事，而她只是說出了最基本的內容。

「現在快點吧，」寶寶熊說，「為了舉手的那六位同學，說說妳會怎麼摘要妳那本書？」

「喂，你還沒聽懂嗎？」歌蒂拉不敢相信寶寶熊還是沒搞清楚。「我寫的是一部浪漫懸疑小說，在講納粹占領時期一名法國女子愛上了美國的特務，他要執行的任務，呃，會對納粹造成重大打擊，改變戰爭的走向。」

大概有一分鐘的時間，空氣裡瀰漫著緊張的氣氛。但是就在歌蒂拉「呃」了一聲之後，刺激感似乎瞬間從教室裡消失得無影無蹤了。

歌蒂拉在心裡頭暗暗記下，絕對不要再把「呃」說出口。

不過寶寶熊倒是露出了微笑，牠開始來回踱步。「這是個很棒的開

---

8 夏爾・戴高樂（Charles de Gaulle，一八九〇─一九七〇）是法國政治家、軍事家，曾於二次世界大戰期間領導自由法國運動，並於戰後短暫出任臨時總統。一九五八年成立法蘭西第五共和國成為第一任總統，之後連任至一九六九年下台。

始。妳告訴我們小說歸屬的類別了。我看到這位女士，也看到這位特務，但是我看不出他的任務是什麼。」

歌蒂拉對牠皺起了眉頭。「這個任務真的很重要，它是個大型的任務，可能會改變戰局的。你沒聽懂嗎？」她不敢相信大會總監竟然會找來一個對小說一竅不通的老師。

寶寶熊搖搖頭。「妳是可以告訴我這個任務很重要、很大型、可能會改變戰局，但是我不會因為妳的話而有那些感受。我必須自己得出那個結論。所以妳得把它如何大型、如何重要展示給我看。」

「但是……在《豺狼末日》裡，故事就是這樣子的啊。有人要去暗殺戴高樂，這件事將會改變法國的所有一切。」

寶寶熊轉向全班。「你們有多少人可以想像暗殺戴高樂的畫面？」

教室裡所有人都舉起了手。

「那有多少人可以想像一名男子對法國政府做出恐怖行為的畫面？」

所有舉起的手都放下了。

寶寶熊看著歌蒂拉。「射殺戴高樂的行為是很具體的。我們可以看到他扣扳機，聽到來福槍的射擊瞬間，感受彈藥轟一聲炸開，還可以聞到火藥味。我們不需要妳告訴我們，就會知道這場暗殺行動會重創法國政府。」

「所以……你想表達的是？」歌蒂拉問。

「『造成重大打擊』的行為很抽象。我們沒辦法看到它，因為能造成重大打擊的方法有上百萬種，每一種都不一樣。我們沒辦法聽到，沒辦法聞到，我們感覺不到。」

全班沉寂了十秒鐘。

歌蒂拉氣到想直接走出教室。寶寶熊怎麼這麼遲鈍啊？「我有一直跟你說，你都沒有在聽！我在寫一本浪漫懸疑小說，在講『一名納

粹法國女子愛上了打算在 D 日前炸掉諾曼地一座主彈藥庫的受傷美國特務』。」

教室裡所有學生全都站了起來，並開始歡呼喝采。

寶寶熊一邊鼓掌，一邊繞著歌蒂拉跳。「聽起來很精彩啊，歌蒂拉。」

小豬哼了一聲。「她用了三十五個字。你說應該要少於二十五字的。」

哈伯德太太舉起她的手。「如果在妳的故事裡加進碗櫥，應該會更棒吧？」

寶寶熊搖搖頭。「當然可以再短一點，小豬先生，不過我想這樣也沒什麼問題。還有哈伯德太太，這個故事裡沒有碗櫥。歌蒂拉，我想妳已經抓到重點了，妳沒有『告訴』我們任務的風險有多高，妳直接『展示』給我們看了。假使這名特務把德軍的彈藥庫炸得一乾二淨，那肯定會重創納粹。假使他失敗了，這就可能會讓納粹有機會擊退盟軍的進攻。非常好，有成功和失敗兩種結果。」

歌蒂拉覺得自己的故事一下子聚了焦。她原本就知道男主角要出一個會重創納粹的任務，但是在她具體說出任務的內容之前，她的故事有太多可能的發展方向。現在她的選項變少了，她突然覺得故事幾乎可以就這麼自己開展下去。

寶寶熊站到白板前開始寫下：

你的「一句話摘要」（one-sentence summary）

一、 進行這項工作時，給自己一小時的時間思考。

二、 寫下一句話說明：

　　（一） 你的書屬於哪一個分類。

　　（二） 你的主角們是誰。

　　（三） 他們最想做的一件事是什麼。

三、 不要透露任何背景故事。

四、 為你的目標觀眾描繪出畫面。

五、 盡量簡短，但不要短過頭。

納粹法國的一名女子愛上了打算在 D 日前炸掉諾曼地一座主彈藥庫的受傷美國特務。

牠接著把歌蒂拉的「一句話摘要」寫在下方。

　　他算了算字數。「三十六個字。我想也沒辦法再變得更短了。恭喜妳，歌蒂拉，妳已經準備好要進入寫小說的下一個階段了。」

　　歌蒂拉感到一陣困惑。「但是……這和寫作有什麼關係？你說這只是行銷用的宣傳文字。你為什麼不教我們怎麼寫小說？」

　　寶寶熊對她微微一笑。「妳要行銷的第一個對象就是妳自己啊。妳

必須要對妳的故事感到激動興奮，也就是說，妳必須知道妳的故事在講什麼。這是很大的進步。」

「但是……我什麼都還沒開始寫啊！我們有的只是一個弱弱的句子而已。」

「這是個很棒的句子，而且妳已經比一個小時前多寫一個句子出來了。」寶寶熊說。

小豬站起來，清了清喉嚨，用力地敲打著計算機上的數字鍵。「照這個速度算起來，妳得花上……兩千七百七十八個小時才能寫好一部小說。那可是整整一百一十六天，而且是不吃飯不睡覺，只有拚命工作。」牠輕蔑地說。「不論你是怎麼看待你在做的這件事，寶寶熊啊，那是行不通的。」

04 你的創意典範

寶寶熊說:「我的創意典範稱為『雪花分形寫作法（Snowflake Method）』,你們已經完成第一步、也就是『寫下一句話摘要』了。總共只有十個步驟,我們準備要進行第二步驟。」

歌蒂拉問。「哪一種畫雪花的方法才是最棒的?」
「對妳來說有用的那一種,」寶寶熊說。
「關於寫小說的各種方法,我是怎麼跟妳說的?」
「只管去用對妳有用的寫作法。」歌蒂拉說。

　　歌蒂拉從來沒覺得這麼失望過。她好不容易完成了「一句話摘要」，而且也打從心裡覺得這句話很棒，但寫出這句話竟然已經花掉她一個小時的時間。她不認為自己有辦法忍受用這麼慢的速度把整本小說寫完。

　　「怎麼了，歌蒂拉？」寶寶熊問，「妳看起來不太開心。」

　　「我只是……」歌蒂拉把頭埋進雙手裡。「我不知道你在做什麼，但這個作法看起來不會有用的。我們只生出了一個句子，後面還有好幾千句要寫。照這種速度下去，我們永遠都別想寫完了。」

　　寶寶熊開始哈哈大笑。「開什麼玩笑？寫小說的步驟有十個，妳已經完成第一個了——而且只花了一小時欸。妳的表現太棒了。」

　　歌蒂拉看著白板上的那一句話。「我不懂。你說我們已經完成十分之一的進度了？不對吧。」

　　小豬舉起豬蹄對著寶寶熊猛指。「看來你對寫作是一無所知啊。年輕熊，你出版過幾本小說？」

　　寶寶熊聳聳肩。「六本。」

　　「喔，我可是一本也沒聽過吶。」小豬透過眼鏡鏡片直盯著牠。

　　「市面上的書有好幾百萬本，作者少說也有好幾十萬名，」寶寶熊說。「請問這些小說你讀了幾本，你又能說出幾位作者的名字呢？」

　　小豬哼了一聲。「我才不會浪費時間去讀小說，而且……」

　　「但是你竟然想要寫小說？」寶寶熊說。

　　「讀和寫本來就是兩回事，」小豬說。「反正我自己是沒時間寫小說啦。我已經想好故事了，我只需要找個做文書的把故事寫下來就搞定了。寫手滿街都是啊。」

　　歌蒂拉已經受夠了。她站起來，抬頭挺胸直視著小豬。「寫作是一門技藝，假使你認為你可以像找園丁一樣花錢請人代勞，那或許是因為你的腦袋不清楚。現在，如果你不介意的話，我們其他來到這裡的

人要跟寶寶熊繼續學下去了，你要不要坐下來好好聽課？」

全班響起一陣歡呼聲。

小豬漲紅了臉，氣急敗壞地碎念了一陣、咳了幾聲，然後坐回位子上。

寶寶熊伸出爪子抓抓鼻頭，但這掩不住牠臉上大大的笑意。「我們早該要開始談『創意典範』了。你們有些人曾經試著給自己的小說寫大綱。這對你們來說有用嗎？」

教室後方的一位年輕男性舉手。「寫大綱對我還滿有幫助的。」

坐在他隔壁的文藝女青年露出不悅的神情。「寫大綱這事糟透了！它粉碎了人類的心靈。你還不如去畫數字畫好了，反正你靠大綱是寫不出什麼驚世傑作來的。」

寶寶熊舉起牠的熊掌。「大家冷靜。寫大綱是一種經過證實對許多作者有效的方法。你們很多人或許都喜歡《神鬼認證》（The Bourne Identity）。這部小說的作者羅伯特・陸德倫就是以他又長又詳細的大綱出名的。」

歌蒂拉微微地發抖。「但是……我試著寫過大綱，一點用也沒有。」

寶寶熊看著她。「妳嘗試過，但它『對妳』沒有用。寫大綱是我所謂『創意典範』當中的一個例子。那是幫助你寫出第一份初稿的一種方法，它對某些人來說確實有用。然而，並不是對所有人都有用。」

歌蒂拉深深嘆了一口氣。她真的很想找到一個對她有用的創意典範。

「另外一個有名的創意典範是直覺式寫作，」寶寶熊說。「你也不清楚故事的走向，你只管坐下來動筆寫就對了。你們有多少人試過這種方法？」

坐在教室後面的文藝女青年說，「如果問我的話，我會說那是能創

作出偉大藝術的唯一方法。就是讓故事從你內心最深處湧現出來。」

　　坐在隔壁的年輕男子冷笑了一聲。「那不過是一坨大便罷了，會從妳內心深處湧現出來的那些東西。」

　　這位女士的臉轉為漲紅，她看起來彷彿要爆炸了。

　　「別這樣，」熊寶寶以平靜的口吻說。「直覺式寫作是創意典範的另一種例子，對某些作者來說是很有幫助的。史蒂芬・金就是位著名的直覺式寫作作家。但我要再說一遍，這並不是對所有人來說都有用。」

　　歌蒂拉再也忍不住了。「你就不能不要拐彎抹角嗎？你自己已經有一套創意典範，而且是對所有人都適用的，不是該說出來讓我們聽聽看嗎？」

　　寶寶熊搖了搖頭。「這就是問題了。我是有一套對我有用的創意典範，而且對成千上萬的其他作家也有幫助，但終究不是每個人都適用。沒有什麼創意典範是對所有人都有用的。我想說明的是，你們每個人都必須找到自己最合用的創意典範，然後把其它作法都拋諸腦後。」

　　「但是……你最好趕快開始了吧？」歌蒂拉說。「你已經把時間都浪費在教我們找出『目標觀眾』和寫下『一句話摘要』。你什麼時候才要教我們你的創意典範啊？」

　　「實際上，一切正順利進行中，」寶寶熊說。「我的創意典範稱為『雪花分形寫作法（Snowflake Method）』，你們已經完成第一步、也就是『寫下一句話摘要』了。總共只有十個步驟，我們準備要進行第二步驟。不過首先，有誰知道它為什麼被稱為『雪花分形寫作法』呢？」

　　沒有人回答。

　　「我想我應該秀給你們看。」寶寶熊打開桌上投影機的開關。

　　牆面亮了起來，顯示出牠筆記型電腦上的畫面。螢幕上只有一張

雪花的大圖：

　　寶寶熊把歌蒂拉帶到白板前，遞給她一支白板筆。「我想請妳用連續的一筆劃把它畫出來——中間不要拿起白板筆或做任何塗擦。」

　　歌蒂拉仔細研究了這張圖。「我沒辦法，這太難了。我這輩子都畫不出來，絕對不可能。你是怎麼畫的？」

　　寶寶熊微微一笑。「實際上，這不是我畫的。是我寫了一個程式把它畫出來的。」

　　「這也太複雜了吧！一定是個很長的程式。」

　　「不，這個程式非常短，而且它的過程就和人類或熊能用來畫出那個圖像的方法一模一樣。」寶寶熊拿起一支白板筆，在白板上畫出三條直線構成一個三角形。

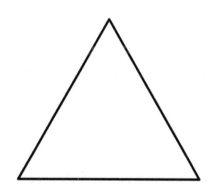

「這一點也不像雪花，」歌蒂拉說。「這離完成還差得遠呢。」

「我可沒說我畫完了。」寶寶熊擦去每一條直線中間三分之一的線段，然後各加上兩個邊做出三個小一點的三角形，這樣他就有一個六角星了。

歌蒂拉雙手插在後腰上。「這看起來還是不太像雪花。還有，你耍詐。你拿起了白板筆，而且還擦掉一些線段。」

寶寶熊只是看著她。「誰說我不能擦掉線段或者是把白板筆拿起來？」

「你有啊。」歌蒂拉轉向全班。「牠不是說我不能擦掉線段的嗎？」

每個人都點頭。

寶寶熊哈哈大笑。「妳當真啊？就因為我說妳得那麼做，妳就照做？即便這個做法會增加困難度，妳也就認了妳該照做？」

歌蒂拉不知道該說什麼，她只是怒視著牠。

寶寶熊跳上筆記型電腦旁的桌子，指著全班。「這很重要，你們這些小說家聽著！你們會收到很多建議告訴你們怎麼樣寫小說。但『建議』就只是『建議』。假使你不喜歡那個建議，假使那個建議對你來說沒有用，那就不要去理它。如果對你來說那是個合用的建議，就順著它做下去。」

「但是……」歌蒂拉脫口而出。「研討會裡的老師們都知道他們自己在講什麼，不是嗎？」

「他們知道什麼對他們自己有用，」寶寶熊說。「但是他們不知道什麼對妳有用。假使他們建議妳像羅伯特・陸德倫那樣先寫大綱出來，但是這方法對妳來說沒用，那麼妳會怎麼做？」

「呃……哭哭？」歌蒂拉說。

「不對！就別理這個建議！」寶寶熊毛茸茸小臉開始轉紅。「那麼假使他們建議妳像史蒂芬・金那樣採用直覺式寫作，但是這方法對妳來說還是沒有用，那麼妳會怎麼做？」

「但是……那種寫作法應該是『有機』的啊，」歌蒂拉說。「『有機』怎麼會有問題呢？」

寶寶熊氣得跳上跳下。「有機？」牠大吼。「胡說八道！直覺式寫作跟有機根本沾不上邊！那是一種寫作法。對某些優秀的作家來說有用，但對其他優秀的作家來說沒用。所以假使它對妳來說沒用的話，妳會怎麼做？」

「去找對我有用的？」歌蒂拉說。

「就是這樣！」寶寶熊抓起白板筆回到白板前。「假使你是一名厲害到不行的藝術家，你可以憑直覺以一筆劃畫出這個雪花，完全不塗擦。但厲害的藝術家畢竟少之又少。他們可以一筆劃畫出某個東西，但畫出來的結果就是歪歪扭扭，得要擦掉其中很大一部份，然後一遍又一遍地嘗試，直到畫好為止。」

「厲害的作家們在完稿之前，不是都得寫上好幾十個版本的初稿嗎？」歌蒂拉說。

寶寶熊笑出來。「沒錯，假使他們是直覺式寫作法的作家的話，他們得這麼做不可。但是雪花分形寫作法的作家不需要。讓我先畫完我的雪花，然後妳就會了解了。」

　　他擦掉六角星每一條直線上的一小段，然後再加工成更小的幾個
三角形。

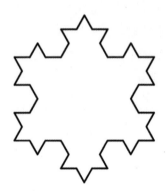

　　歌蒂拉覺得這看起來總算有點像雪花了。圖還沒畫完，不過她已
經看出接下來的變化。

　　寶寶熊再做了一輪修改，現在這看起來還真像片雪花。

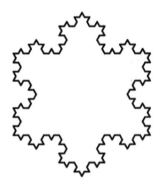

　　牠又做了一輪，然後牠往後退了幾步。「看起來怎麼樣？」

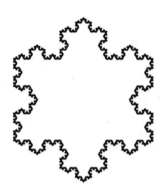

歌蒂拉倒抽一口氣。「看起來……真完美。」

「每個階段都很完美，但它永遠在未完成的狀態，」寶寶熊說。「妳可以一直這樣畫下去。這是一種叫做『雪花分形』（snowflake fractal）的數學物件，妳還可以證明出它的周長是無限大的。」

「但是你畫了幾輪之後，大概就已經到了你用粗白板筆所能畫出最好的程度了，」歌蒂拉說。「等每一邊的邊長小於白板筆頭的粗細時，再怎麼修改也沒用了。」

「完全正確！」寶寶熊說。「但是注意喔，第一輪的修改很容易。我只要擦掉三個邊的一部份，再畫上幾條線。第二輪就稍微複雜一點。第三輪又更複雜了。」

「不過在每個階段，它都是完美而且對稱的，」歌蒂拉說。「它很完美，但是沒有被完成。」

寶寶熊微微一笑。「假使我用『有機』的方法來畫，它在任何一個階段都不會是完美的。而且我在不同地方都要花很多力氣修改。」

「那真的很蠢，」歌蒂拉說。「誰會那樣子畫？」

「妳的意思是，那樣子畫對妳來說很蠢，」寶寶熊說。「因為妳覺得我剛剛秀給妳看的畫法才是對的方法。但是憑直覺創作的藝術家就

會討厭用我的方法來作畫。」

「那……誰才是對的？」歌蒂拉問。「哪一種畫雪花的方法才是最棒的？」

「對妳來說有用的那一種，」寶寶熊說。「關於寫小說的各種方法，我是怎麼跟妳說的？」

「只管去用對妳有用的寫作法。」歌蒂拉說。

「沒錯。」寶寶熊放下白板筆，拍掉手上的灰塵。「現在，妳準備好要進入『雪花分形寫作法』的第二階段來寫小說了嗎？」

歌蒂拉搖搖頭。「這聽起來有點太簡單了，你講得好像隨便哪個人都能寫小說一樣。不應該是這樣的。偉大作品的創作一定得經歷痛苦才行，這是眾所皆知的道理啊。」

寶寶熊的手機發出了聲響。牠拿出手機讀了簡訊，接著花了幾秒鐘的時間在上頭打了些字，然後再把它收起來。「好了，歌蒂拉，妳試過寫大綱，這對妳來說沒有用；妳試過直覺式寫作，這對妳來說也沒有用。妳再試試『雪花分形寫作法』，這對妳又有什麼損失呢？」

歌蒂拉愈來愈受不了寶寶熊這種以理性看待所有一切的態度。

忽然一聲轟然巨響，教室的門被打開了。

一隻戴著口罩、看起來十分兇惡的大野狼闖進了教室。牠拿起一把大手槍，朝著寶寶熊開火。

寶寶熊抓著自己的胸口。

鮮血汩汩地冒了出來。

歌蒂拉放聲尖叫。

寶寶熊倒在地上，一動也不動。

05 陷於險境的重要性

為什麼你的故事需要災難？
一、刺激
二、決定
三、新方向

　　大野狼拿槍指著歌蒂拉。「有沒有搞錯啊，我聽說妳想用『雪花分形寫作法』？如果這樣的話，我就會讓妳很痛苦，非常痛苦。」

　　歌蒂拉覺得全身熱血沸騰。這傢伙憑什麼！她低下頭往大野狼直衝，一股勁地撞向大野狼的肚子。

　　大野狼往後飛跌到地板上，還發出好大的一聲「嗚！」

　　歌蒂拉跳到牠身上，對牠拳打腳踢，又咬又抓，外加高聲尖叫。她坐在大野狼的肚子上，把牠的兩隻前爪固定在頭部兩側。「誰來把牠的槍拿走！」

　　「嘿，放輕鬆，金髮妹！」大野狼說。「我可以解釋的。」

　　「你殺了寶寶熊！」歌蒂拉怒吼著。「然後現在你叫我放輕鬆？」

　　「我沒有……殺了誰，」大野狼邊說著，邊被壓得喘不過氣來。

　　一隻毛茸茸的手掌搭在歌蒂拉的肩膀上。

　　她轉頭一看。

　　寶寶熊正面露微笑站在那裡。「我沒事。這是我的朋友，大野狼。是我拜託牠衝進教室朝我射一發空包彈的。我手裡頭先藏了一顆假血膠囊，然後在胸口把它捏破。」

　　歌蒂拉震驚到無法思考。「你最好馬上把毛皮泡到冷水裡面，不然血就永遠都流不出來了。」

　　大野狼在她下面扭動著。「嘿，金髮妹，我沒有惡意，不過妳真的有點重，而且妳就坐在我的肚子上。」

　　歌蒂拉覺得自己坐在野狼身上很愚蠢，於是便站了起來。她滿臉怒容，手指頭指著寶寶熊。「這一切是什麼意思？你們兩個這種惡搞的戲碼把我嚇死了。」

　　寶寶熊單膝跪下，用牠柔軟的熊掌牽起歌蒂拉的手。「我真的很抱歉。我想教你們一些東西，這是我所知道最好的作法了。妳可以原諒我嗎？」

　　歌蒂拉不知道該怎麼說才好。她的心裡一陣混亂，激動、生氣、恐懼、尷尬，所有感覺同時湧了上來。

　　大野狼起身，拍拍灰塵，一隻狼爪小心翼翼地按在自己的肚子上。「人類的頭是很硬的，妳知道嗎？」

　　歌蒂拉意識到自己很可能會讓大野狼受重傷。「對不起。我……我以為你殺了寶寶熊。我也以為你會殺了我。」

　　「我幹嘛殺妳？」大野狼問。狡黠的笑容閃過牠的臉龐。「我是說假使妳決定要使用『雪花分形寫作法』的話，我就會對妳開槍。」

　　「因為……」歌蒂拉一直到現在思考這件事的時候，才發現她已經做出了決定。「因為當你在威脅我、說我不能使用『雪花分形寫作法』的時候，我發現……我真的很想嘗試『雪花分形寫作法』看看。」

　　「中計啦！」寶寶熊大叫。牠跳起來開始繞著小圈圈跳舞，同時雙掌在空中揮動著，彷彿牠剛剛帶球達陣似的。牠衝向講桌，縱身一躍來個兩圈迴旋後落在講桌上，接著便轉身面向學生們。「大家都看到剛剛發生什麼事了嗎？歌蒂拉她作出了決定。」

　　所有學生都瞠目結舌地看著寶寶熊。

　　大野狼走到白板旁，拿起一支白板筆。牠在白板上寫下：

為什麼你的故事需要災難？

一、

二、

三、

　　寶寶熊說，「你的故事當中一定要有災難。大的、恐怖的、驚險的
災難。可能是有人受傷，也或許是有人威脅要傷害某人。為什麼要這
麼做？」

　　「因為……這樣比較刺激？」歌蒂拉說。

　　大野狼寫下：

　　　　一、　刺激

　　「沒錯，」寶寶熊說。「看到你喜歡的某一隻熊被殺了的確很刺
激。不過是刺激還不夠。災難還有什麼作用？」

　　歌蒂拉在心裡面回想著事件的經過。大野狼對著寶寶熊開槍。
然後牠同樣拿槍威脅她。這逼得她去審視到底什麼對她來說才是重要
的。在寶寶熊被射殺之前，牠問了她是否想試試「雪花分形寫作法」。
她沒有正面回答。但是當大野狼說她「不可以」這麼做的時候，她卻
很清楚地看見自己有多想要這麼做。

　　「災難還發揮了什麼作用？」寶寶熊又問了一次。

　　「它……它逼我作出了決定，」歌蒂拉說。

　　大野狼寫下：

　　　　二、　決定

「完全正確。」寶寶熊從桌上後空翻兩圈，躍入歌蒂拉的懷裡，並且在她的臉頰上親了一下。

歌蒂拉的感覺有點複雜。她一點都不想要在臉上留下熊的細菌，但她還是給了寶寶熊大大的擁抱，因為她發現自己真的很喜歡牠，即便牠是一隻熊，而且還是一隻蠢熊。她把寶寶熊放在地板上。「但是……我為什麼需要作決定？」

大野狼微微一笑。「因為這可以把妳的故事帶往一個新的方向。這會讓事情一直保持在有趣的狀態。否則，妳的故事就會顯得千篇一律了。」牠寫下：

三、新方向

寶寶熊開始來回踱步。「妳的讀者想要所有這些東西。刺激、決定、新方向。而且他們想要看到這些東西規律地出現。也就是說，妳必須要替它們安排出現的時程。想像妳的故事是一場橄欖球賽好了，那麼妳要在第一節結束時的時候安排一場重大的災難，然後另一場在上半場結束的時候，再一場在第三節結束時。」

「但是……為什麼呢？」歌蒂拉說。「一定得這麼做嗎？」

寶寶熊搖搖頭。「沒有什麼事是非做不可的。不過假使妳看看那些好的故事、打動人心的故事，它們通常都可以被分成四個部份，然後每個部份都會由一場大災難區分開來。」

大野狼舉起牠的狼爪。「就像《星際大戰》（*Star Wars*），」他說。

「在第一個四分之一最後，路克（Luke）的叔叔和嬸嬸被風暴兵殺害，於是他決定加入歐比王‧肯諾比（Obi-Wan Kenobi）的反抗軍行列。」

「沒錯，」寶寶熊說。「接著中場的時候，歐比王和黑武士（Darth Vader）以光劍對決，黑武士殺了歐比王。這也是一個災難，而這個災難逼得路克斷絕對師父的依賴，成為一個自立自強的男兒。」

歌蒂拉開始進入狀況了。「後來，當他們回到反抗軍基地之後，他們發現死星正追蹤著他們，而且即將把基地摧毀。於是他們必須作出決定——他們是要逃離躲藏，還是起身對抗？」

寶寶熊點點頭。「這是個特別重要的決定。他們決定要起身對抗，這就表示接下來只會有兩種可能的結局。要不他們全數被殲滅，要不就是死星被摧毀。第三個災難逼得結局出現了。這個故事的架構很完美。」

歌蒂拉還是有點懷疑。寶寶熊的模式對於大型、刺激、有很多爆點的故事來說有用，但她不認為這對浪漫小說也同樣奏效，這種故事她讀的多了。「《傲慢與偏見》（*Pride and Prejudice*）裡可沒有人被射殺喔。」她說。

大野狼聽了之後哈哈大笑。「她考倒你了，寶寶熊！就我所知，《傲慢與偏見》是一本非常平淡無聊的書，裡頭沒有會爆炸的星球，沒有人被殺，甚至連把光劍也沒有。少了這些是要怎麼製造出災難呢？」

寶寶熊皺起眉頭。「《傲慢與偏見》是伊莉莎白‧班奈特（Lizzie Bennet）和達西先生（Mr. Darcy）之間的愛情故事，對吧？」

歌蒂拉點頭。「愛情故事很簡單。男孩遇上女孩。男孩失去女孩。男孩得到女孩。哪裡有你的三個災難呢？我只看到一個災難——男孩失去女孩。」

大野狼難過地搖搖頭。「寶寶熊，你這理論的洞比瑞士乳酪還要來

得多。」

寶寶熊把手伸進牠的背包裡，拿出了一台 iPad。牠在 iPad 上點了幾下，開始在螢幕上快速地瀏覽，嘴巴裡一邊咕噥著。

歌蒂拉覺得自己糟透了。她竟然在全班面前讓可憐的寶寶熊丟臉。

寶寶熊終於抬起頭來。「很好。就在故事發展的四分之一處，在伊莉莎白與她的好友韋克翰先生（Mr. Wickham）聊天時，韋克翰告訴她達西沒來由地害他在經濟上陷入困境。這妳會怎麼說？」

「男孩失去女孩，」歌蒂拉說。「我同意那是一個災難，不過你還需要再找到兩個。」

寶寶熊的熊掌輕點螢幕，快速地翻著頁。「故事進行到一半的時候，達西向伊莉莎白求婚。然後她說……？」

歌蒂拉覺得心頭顫動了一下。「她說就算全世界的男人都死光了，她也不會因此嫁給他。」

大野狼搓著牠的狼爪。「噢噢！她有對他說出那兩個字嗎？她有說『永遠』嗎？如果有的話，那她可不是在開玩笑的喔。我是沒讀過這個故事，但這聽起來像是男孩『永遠』失去這個女孩了。」

寶寶熊不停地翻頁著。「來到四分之三的地方，伊莉莎白開始熟悉達西了，她也發現其實他是位相當有教養的紳士。但是這時候她的妹妹莉迪雅逃家和韋克翰同居，大家才知道原來韋克翰是個騙子。這妳會怎麼說呢？」

歌蒂拉覺得很難為情。「聽起來像是另外一場災難了。而且是最糟糕的災難。」

「唉唷！這下聽起來是女孩要失去男孩了，」大野狼說。「假使伊莉莎白的家人有什麼不名譽的事情傳出去，達西就不可能娶她了，對吧？」

歌蒂拉搖搖頭。「你真該多讀點書的，大野狼。沒錯，那是個災

難，但是達西也為此做出了仁慈又高尚的舉動——他幫韋克翰還清了債務、要求韋克翰與莉迪雅結婚，這個家族的名聲也因而恢復了。這一切都是他暗地裡進行的，但伊莉莎白發現了真相，也了解到自己其實一直愛著達西。於是他們便幸福地生活在一起了。」

大野狼看起來一臉震驚。「真的？聽起來好酷！我從沒想過那些無聊古人的故事也可以這麼地……有趣。」牠拿起寶寶熊的 iPad，往角落裡一坐便讀了起來。

寶寶熊看著歌蒂拉。「現在妳對故事架構有些概念，可以在妳的故事上進行『雪花分形寫作法』的第二個步驟了。妳的故事裡有個美國特務，他降落在一位好心的法國女性的院子裡，而且他的腿受了傷，這位女性便照顧著他。後來出了什麼差錯？」

歌蒂拉想了一下。「支持納粹的那個老男人上門騷擾我們的女主角，然後就……看到了這名美國大兵。」

「那是一場災難，」寶寶熊說。「女主角做了什麼決定？是什麼改變了故事的走向？」

歌蒂拉手舞足蹈了起來。「她決定要保護這個美國人。在這之前，她一想到她必須把這名美國人交給納粹就感到很害怕。但是當這個壞蛋威脅要告發她的時候，她當場就把他殺了。接著她和美國人一起把屍體埋在院子裡。」

「這個災難安排得很好，也有一個重大的決定，」寶寶熊說。「所以現在她和這個故事緊扣在一起了。就像《星際大戰》當中路克加入了反抗軍一樣；一旦他那麼做，他便無法回頭。妳的女主角現在也無法回頭了——她總不能教那個壞蛋死而復生吧。」

「但是現在可糟了，」歌蒂拉說。「人們很可能會發現她殺了那個通敵者，那麼她就真的有大麻煩了。」

「那是『她』的問題，不是妳的，」寶寶熊說。「妳要擔心的是相

反的問題。萬一沒有人發現她殺了那個通敵者呢？」

「那……她就平安無事，美國人也會安全得很，」歌蒂拉說。

「那可不妙，」寶寶熊說。「糟透了！妳不能讓妳的角色過得平安無事。平安就等於無聊。」

歌蒂拉搖搖頭。「你有所不知啊，寶寶熊。她不能做出任何傻事的。她得讓自己看起來像是沒有任何事情發生。她必須打安全牌，她要保護她的女兒。」

「沒錯，」寶寶熊說。「妳的女主角自然會試著打安全牌。但是妳，妳是寫小說的人，妳可不能打安全牌。對妳的女主角來說，什麼是全世界最糟糕的一件事？」

「納粹可能會把她的女兒帶走，因為他們聽說她有『缺陷』。」

「好極了，」寶寶熊說。「這或許可以成為妳的第二個災難。納粹可能會帶走她的女兒。但是請妳解釋一下，為什麼他們會認為她有『缺陷』。」

「她有『唐氏症』（Down syndrome）。她已經八歲了，但是她的心智年齡只有四歲。」

「啊哈！」寶寶熊說。「所以她已經大到知道屋子裡有個美國人，還有一個通敵者被殺，但是卻又還沒大到能當一個好的說謊者。」

歌蒂拉往地板一坐，兩隻手抱住自己的頭。

「這下慘了，我可憐的女主角。她這麼努力地想要確保安全，但是現在最糟糕的狀況卻發生了。」

「不，這麼一來就太棒了，」寶寶熊說。「她就得脫離安穩的生活，開始去做一些讓人心驚膽跳的事。她會先做什麼？」

歌蒂拉覺得自己快不行了。她想像著，一旦納粹帶走女主角的女兒、並且把她送進集中營的話，女主角會採取什麼行動。太可怕了，淚水從歌蒂拉的眼睛裡湧了出來。「她會……攔截那輛要把她女兒載往

集中營的卡車，把駕駛卡車的納粹士兵殺了，然後救回她的女兒。」

「完全靠她自己？」寶寶熊說。「她不需要幫忙嗎？」

「她救了這個美國人，他成為她的愛人，也愛她的女兒。他會幫助她，為她做任何事。雖然他受傷的那隻腳被包紮固定著，但他還是能行走，而且他有武器。」

「那他們的計畫呢？」寶寶熊說。「這聽起來還滿可行的，但他們還是需要一套計畫。」

「這個嘛，我想他們會埋伏攻擊這輛卡車，殺了駕駛和士兵們，然後……救走女主角的女兒，從此過著幸福快樂的生活。」

寶寶熊雙手抱頭跌坐在地板上。「不，不，不。那樣太容易了，而且也太快了。妳還需要另一場災難。D 日那一天不是要到了？」

歌蒂拉覺得自己的思緒正飛快地轉著。「沒錯，那一天是星期六，我們的男主角知道 D 日可能會是在星期一、星期二、或星期三。」

寶寶熊用一種怪異的表情看著她。「他們不是早該在幾個月前就把 D 日的計畫安排好了嗎？」

歌蒂拉皺起眉頭。「你對歷史不太了解對吧？盟軍（The Allies）需要藉助月光讓傘兵降落，而且黎明時刻低潮才有利於出擊。六月初有三天的時間適合他們發動攻擊。他們原本打算在星期一進攻，但天候不佳的關係讓他們延後了二十四小時才行動。」

寶寶熊面露微笑。「看來妳已經做好功課了。」

「那當然。不過就像我剛說的，D 日已經迫在眉睫了，但是我們的男主角還沒有去爆破他應該炸掉的彈藥庫。這下他去不成了，因為他得幫女主角的忙。」

寶寶熊只是看著她。「妳是寫小說的人，歌蒂拉。沒有什麼『去不成』這種事。妳要讓它『成』。」

歌蒂拉感覺到汗從臉頰兩側流了下來。「於是他們安排了一場埋

伏，殺了卡車的駕駛和士兵，但是這名美國人也受了傷。噢老天……他恐怕是傷得不輕啊。」她邊搖頭邊擦拭著眼睛。「太可怕了，整件事糟糕透了。」

「這是場災難？」寶寶熊說。「這又導致什麼樣的結局呢？」

「呃，現在他們有一輛卡車。美國人受了重傷，不過他穿上了納粹的制服，他和女主角、女主角的女兒一起把卡車開往彈藥庫。他把炸藥帶在身上了。」

「我希望他們一路上險象環生，」寶寶熊說。

「噢，當然。一路上這個可憐的男人血流不止，女主角不停地哭泣著，而女主角的女兒必須負責操控方向盤。他們終於在凌晨三點抵達目的地，我還不知道他們是怎麼辦到的，但是他們混進了彈藥庫，然後把它炸個精光。」

寶寶熊笑了。「妳還不需要知道他們是怎麼辦到的；之後再慢慢想吧。但這就是結局，一個悲喜交集的結局。我想這或許是行得通的。」

「絕對行得通，」大野狼的聲音從角落處傳了過來，牠正坐在那裡急速地翻閱著 iPad 上的頁面。「這裡頭有很多殺來殺去、親來親去，就我聽來是個非常棒的故事。」

寶寶熊走到白板前，找了塊空白處。「我們剛剛學到的是所謂的『三幕劇（Three-Act Structure）』，雖然我自己是比較喜歡稱它為『三災劇』（Three-Disaster Structure）。設計你的三幕劇就是『雪花分形寫作法』的第二步驟，我喜歡用五個句子把它寫成一段。」牠在白板上寫下：

你的「一段摘要（one-paragraph summary）」

一、 給你自己一小時的時間完成這件工作。

二、 根據以下五點寫出一段包含五個句子的
　　 文字：

　　（一） 說明背景並介紹主要角色。

　　（二） 說明故事的第一個四分之一，到第
　　　　　 一場災難發生為止，主角在這裡
　　　　　 會開始和故事緊扣在一起。

　　（三） 說明故事的第二個四分之一，到第
　　　　　 二場災難發生為止，主角在這裡
　　　　　 會改變他的行事方向。

　　（四） 說明故事的第三個四分之一，到第
　　　　　 三場災難發生為止，主角會因此而
　　　　　 被迫走向結局。

（五）說明故事的第四個四分之一，主角
　　　會遭遇最後的衝突，他可能會
　　　贏、可能會輸、或者輸贏皆有。

三、把重點放在災難和隨之而來的決定上。

四、不要試著去釐清你要如何解決所有的問
　　題；這些等晚點再說。現階段你只要
　　在意大局發展就好了。

在下方，牠寫上歌蒂拉的一段摘要：

　　X女士是生活在納粹占領下的法國的一名年輕
寡婦，而在 D 日的三個星期前跳傘降落在她家
院子並且摔斷了腿的 Y 先生則是一名美國特務。
X女士一邊照顧 Y 先生、一邊考慮著是否要把他
交給納粹當局，直到壞人 Z 先生發現他們，X
女士因此不得不殺了 Z。Y 先生協助 X 女士掩埋

屍體，X女士也打定主意要保護Y先生，但是X女士有「缺陷」的女兒卻被納粹帶走了。X女士說服Y先生幫她一起伏擊載運的卡車，他們救出了她的女兒，但Y先生卻受了重傷。他們把卡車開往彈藥庫，一路躲避納粹的追捕，並且在盟軍進攻前的關鍵時刻炸毀了彈藥庫。

「看起來怎麼樣？」寶寶熊說。

「我會想讀那本小說，」大野狼說。

歌蒂拉花了點時間仔細地研究了這段文字，她發現其中有個很大、很大的問題。

06 沒什麼比角色來得更重要

你的「人物摘要表」（character summary sheets）

姓名：

角色：

目標：

抱負：

價值（兩個以上）：

一句話摘要：

一段摘要：

「妳看起來不太開心，歌蒂拉，」寶寶熊說。「怎麼回事？妳有一個條理清楚的三幕故事，有可以把故事帶往高潮結局的三個災難。妳還有什麼不滿足的嗎？」

歌蒂拉雙手掩面坐在地板上，搖頭說：「這些人……他們給人的感覺好平淡單調！」她也不想讓自己聽起來很不知好歹，但她沒辦法控制自己。寶寶熊毀了她的故事。

「說說看妳所謂的平淡單調是什麼意思，」寶寶熊說。

歌蒂拉努力想找出適當的文字。「我……想要的是一個強大、威武、又仁慈的帥氣男主角，和一個勇敢、無畏、又熱情的美麗女主角。在這個故事裡我完全看不到這樣的人物。它會變成那種我完全不在意人物，可怕的大亂鬥故事了。」

大野狼湊上來，笨拙地拍了拍她的肩膀。「寶寶熊，是你要告訴她，還是我來？」牠的聲音聽起來很和藹可親。

寶寶熊在她身旁的地板上坐了下來。「『雪花分形寫作法』有十個步驟，我們現在只看到第二步。接下來第三步就要處理妳的人物了。」

歌蒂拉的心裡湧起了一股希望。「真……的？我們要來處理我的人物了？」

「是『妳』要來處理妳的人物了，」寶寶熊說。「我只會對於接下來要做的事提供一些建議而已。」

「很好，我可不希望你來替我寫故事。作者是我，不是你。」

寶寶熊點頭。「當然。妳是寫故事的那個人；故事的創意是從妳而來的。『雪花分形寫作法』只是告訴妳接下來要發想什麼。現在呢，該來發想妳的人物們了。」

寶寶熊自己先站了起來，然後牠牽起歌蒂拉的手，也拉了她一把。「我們要做的第一件事，就是把妳的人物列出來，然後賦予他們角色和姓名。」牠走到白板前，用牠毛茸茸的掌背把白板上寫的所有東

西全部擦掉。「誰是妳的主角？」

歌蒂拉背對著其他同學坐在桌邊。「我的女主角，她的名字是伊莉絲（Elise）。我喜歡這個名字，我覺得這個名字聽起來很美。」

寶寶熊在白板上寫下：「女主角：伊莉絲」。「非常好。妳還有個英俊的男主角對吧？」

「沒錯。他是美國人，他的名字叫……」歌蒂拉想了一會兒。「德克（Dirk）。這個名字聽起來既強壯又神祕，而且還有點危險的感覺。他是個勇敢的軍人，經歷了辛苦的成長過程，所以大家都以為他生性粗魯、或許還有點冷酷，但他的內心其實是很仁慈和善的。」

寶寶熊寫下：「男主角：德克」。「然後伊莉絲有個年紀還小的女兒？」

「對，她八歲，名字叫做莫妮克（Monique）」。

寶寶熊寫下，「女兒：莫妮克」。「現在，該輪到這個通敵的卑鄙小人了。」

歌蒂拉聳聳肩。「他是個反派角色，所以我還沒怎麼思考他的部份。他就是個壞心眼、邪惡的男人，滿腦子只想著要把伊莉絲弄到手。而且因為他是個膽小的懦夫，所以還去當了納粹的走狗。我討厭他。」

寶寶熊毛茸茸的小嘴抿成一條細細的直線。「這個男人的名字是？」

歌蒂拉聳聳肩。「不重要吧，叫什麼都好。他超討人厭的。」

寶寶熊只是看著她。

「好吧，就叫他亨利（Henri）。」歌蒂拉在想熊寶寶是怎麼了，牠看起來好像在擔心什麼似的。

寶寶熊寫下，「反派：亨利」。「還有其他主角嗎？」

歌蒂拉想不到還有誰了。「還會有一些小人物。像是村子裡郵局的女局長、村長、還有納粹士兵等等，不過都不是什麼大角色。」

「很好，那麼，」寶寶熊說，牠的臉上還是沒有笑容。「現在我需要多了解這些人物一點。」

「這個嘛，伊莉絲長得很嬌小美麗。她有一頭烏黑漂亮的長直髮。」歌蒂拉一邊撥弄著她的金色捲髮。「還有綠色的雙眼。這點非常重要。」

「綠色的雙眼。」寶寶熊深深地嘆了一口氣。「就這樣？」

「藍色眼睛有點太誇張了。」

「伊莉絲想要什麼？」寶寶熊說。「明確具體地說，在故事一開始的時候她最想要的是什麼？」

歌蒂拉根本沒想過這件事。「我不知道。我猜，她想要的就和每個美麗的年輕女性一樣吧。」

「那會是什麼？」

歌蒂拉突然覺得整間屋子怎麼熱了起來。她試著去思考，但她的腦袋就好像缺氧了一樣。然後她想起了最近的美國小姐選美比賽。她對那些大方、美麗、能幹、又有智慧的年輕女孩們嫉妒得要命，而她們想要的都是同一件事。

「世界和平！」歌蒂拉喊著。「伊莉絲她想要世界和平！」

寶寶熊翻了翻白眼。

大野狼跌到地板上，抱著牠的肚子狂笑不止。

全班響起一片笑聲。

歌蒂拉不懂到底是哪裡這麼好笑。世界和平很重要，不是嗎？這是眾人皆知的事吧。為什麼二次世界大戰時期的一名法國女性就不能想要世界和平？

寶寶熊嘆了一口氣，拿出了牠的手機與一張百元美鈔。「歌蒂拉，妳憋住氣不呼吸能憋多久？」

「我不知道。大概三十秒吧。我上次試著憋氣已經是很久以前的事了。」

「只要妳能憋住呼吸兩分鐘，我就給妳這張百元鈔票。」

歌蒂拉不確定自己是否辦得到，不過反正試試看也無妨。「好啊。」

寶寶熊設定了手機上的計時器。「大野狼會捏住妳的鼻子，確定妳沒有作弊。假使妳在時間到之前打開嘴巴，那妳就輸了。」

歌蒂拉點點頭。

大野狼上前緊緊捏住她的鼻孔。「親愛的，這樣還可以嗎？」

「還可以。」

「深呼吸，然後憋住氣，」寶寶熊說。

歌蒂拉讓肺部吸飽氣之後就閉上了嘴巴。

寶寶熊按下牠的計時器。

一開始的十五秒過得還算輕鬆愉快，歌蒂拉覺得這好像沒什麼困難的。三十秒過去，她的肺有點緊繃了。四十五秒後，她的頭開始暈了。計時器顯示一分鐘，她生起了一股絕望感。

時間一秒一秒過去，每一秒都比前一秒更令人難受。

一分鐘又五秒。

一分鐘又六秒。

歌蒂拉知道自己辦不到了。

她的肺正在呼喊著空氣。

她再也受不了了。

她打開嘴巴，大口大口地呼吸著空氣。

大野狼鬆開她的鼻子，遺憾地搖搖頭。「可惜，百元鈔票差一點就到手了。」

寶寶熊把百元鈔票收進扣在腰帶上的小皮夾裡。「妳為什麼把嘴巴打開來了？」

「因為我想要呼吸空氣。」

「不是想要世界和平？」

歌蒂拉笑了出來。「不想啊。那時候全世界沒有什麼比空氣更讓我想要的了。」

「那妳又為什麼要憋住呼吸呢？」

「因為……我也想要得到那張百元鈔票。」

寶寶熊露出了笑容。「那就是我說的『目標』──也就是妳想要的某個明確具體的事物。像是憋氣兩分鐘好得到一張百元鈔票。妳很想要，不是嗎？」

歌蒂拉點點頭。「是的沒錯，很想要。」

「但是妳放棄了。」

「大概是因為我還不夠想要。」

「換成是一百萬美元，妳覺得妳有辦法撐到兩分鐘嗎？」

「或許吧。我會為了一百萬美元更加把勁一點。」

寶寶熊走到白板前寫下：

目標的屬性：

簡單

具體

重要

可達成

困難

大野狼盯著歌蒂拉瞧。「妳當真會為了一百萬美元而憋氣憋上兩分鐘?」

歌蒂拉思索了一下。「可能得練習一下吧,不過是的,我會。」

「妳希望有一天能成為有錢人對吧?」

「呃……當然。誰不希望呢?」

大野狼搖搖頭。「當然不是這樣!野狼要錢做什麼?如果你能讓我擁有屬於自己的一群小豬——」

「噢!」歌蒂拉說。「那太可怕了!」

「抗議!」小豬高聲尖叫。

寶寶熊用力清了清喉嚨。「大野狼,別再拿豬開玩笑了。那不有趣。」

「抱歉。」大野狼聽起來不怎麼抱歉。

「所以歌蒂拉,妳希望成為有錢人?」寶寶熊說。

她點點頭。

「這有點抽象不是嗎?妳怎麼知道妳有錢?」

「這個嘛……我不知道。不過假使我有一百萬美元,那我肯定是有錢人了。」

寶寶熊咧嘴一笑。「有錢是個抽象的概念。對一個人來說,有錢指的是成為百萬富翁。對其他人來說,可能指的是擁有一群小……呃,牛。對第三世界國家的貧民而言,擁有一支手機或許就代表有錢了。」

歌蒂拉從來沒想過這些事。「這和世界和平有點類似,對吧?同樣也是模糊、不明確的概念。」

「沒錯,世界和平是一個抽象概念,」寶寶熊說。「不是說想要世界和平有什麼不對,而是妳必須去定義這對妳來說的意義是什麼。妳沒辦法寫一個關於某人想要促成世界和平的故事。妳的故事可以是關於某人試著要消除地球上所有核子武器。那是一個『目標』——簡

單、具體、重要、困難，而且是可能達成的。」

大野狼舔了舔嘴唇。「一群小豬就是可達成的目標。」

「我要去跟大會總監舉報這個……罪犯！」小豬氣呼呼地走出房間。

寶寶熊用力拍了大野狼的爪子。「你太沒禮貌了。這邊課程結束後，你要去跟小豬道歉。知道嗎？」

大野狼惡狠狠地瞪著房門。「知道啦。」

歌蒂拉搞不懂這究竟是怎麼一回事。她認為這絕對不是大野狼和小豬第一次見面。牠們之間顯然有過節，但是她想不出來牠們結下的會是什麼樣的怨。大野狼不是真的想吃掉小豬吧？她身子一顫。

寶寶熊看起來非常生氣。終於，牠轉身面對歌蒂拉。「真抱歉，歌蒂拉。我們回來看妳的故事。像世界和平這樣抽象的概念，我稱它為『抱負』。它會驅動妳的『目標』。」

「我不懂，」歌蒂拉說。

「妳有一個想成為有錢人的『抱負』，」寶寶熊說。「所以呢，假使妳有個憋氣兩分鐘就能賺到一百萬的機會，妳會讓它成為妳贏得一百萬元的『目標』。因為妳的『抱負』是成為有錢人。」

大野狼嗤之以鼻。「我是不懂人類對金錢的執著啦，真正有意義的分明是……呃，食物。」

歌蒂拉抓住牠的肩膀用力搖晃。「你怎麼能如此殘忍地對待那些可憐的小豬們？」

「因為我想要免於飢餓，」大野狼說。「妳又怎麼會蠢到想要一大疊綠色的紙？紙有什麼好的？」

「因為我可以拿錢去買任何我喜歡的東西，像是衣服之類的。」

「不需要……」大野狼說。

「化妝品。」

「也不需要。」

「豪宅。」

「溫暖乾燥的洞穴比較好。」

「食物。」

「我說了呀，但是妳又跟我扯那些五四三的。」大野狼對她皺起了眉頭。「難道妳不喜歡在吃早餐時來點培根？」

「那不一樣……」歌蒂拉說。

「是哪裡不一樣？」

寶寶熊在一旁興奮地跳上跳下。「你們兩個有發現你們在爭執什麼嗎？」

歌蒂拉搖搖頭。

大野狼一邊笑一邊點頭。

「價值！」寶寶熊說。「你們兩個看重的價值不一樣。歌蒂拉看重衣服、化妝品、豪宅、和食物。那些驅動了她想成為有錢人的『抱負』──因為這樣她就可以擁有她看重的一切了。」

「哼！」大野狼說。「人類的價值一點道理也沒有。我只要有食物就心滿意足了。」

「還要有一個溫暖、乾燥的洞穴，」寶寶熊說。

「這個嘛……當然啦。」

歌蒂拉光想就忍不住發抖。「噁心，恐怖！你要怎麼樣衡量洞穴的價值？」

大野狼也抖了回去。「那對於一間用木頭和灰泥做出來、又大又醜又做作、還堆滿畫啊、地毯啊、窗簾這類人造物的房子，妳又要怎樣衡量它的價值？而且還要把乾淨新鮮的空氣和月光關在戶外？這樣晚上是要怎麼嗥叫啊？那樣的生活才真的恐怖。」

「爭夠了吧，」寶寶熊說。「你們兩個可以這樣子吵上一整天，因

為你們都認為自己的價值很『顯而易見』。但是這些價值只有對你們來說才是『顯而易見』的。並不是對所有人來說都如此。」

歌蒂拉雙手交叉在胸前。「我的價值對任何有一丁點判斷力的人來說都是顯而易見的。」

大野狼不以為然。「妳的價值對所有動物來說一點意義也沒有。我們的數量可比你們的數量來得多了。」

「時間到！」寶寶熊大喊。「再這樣爭論『價值』下去肯定沒完沒了。就定義來看，『價值』太顯而易見到難以被證明。我們來看看這是怎麼一回事。」牠走到白板旁，寫下：

價值＝＞抱負＝＞目標

「我們每個人都抱有我們認為顯而易見的價值。歌蒂拉相信沒有什麼比金錢來得更重要。大野狼認為最重要的莫過於一群⋯⋯食物。他們倆沒有人能為自己的價值提出理由，因為對他們來說這些價值的存在根本不需要理由。價值就是價值。」

「顯而易見。」歌蒂拉說。

「不辯自明。」大野狼說。

寶寶熊微微一笑。「至少你們兩個達成了一項共識，而且從你們的『價值』裡都生出了『抱負』。因為歌蒂拉的『價值』是金錢最重要，所以她有了要成為有錢人的『抱負』；她的『價值』驅動了她的『抱負』。但是這個『抱負』是抽象的；我們不知道它究竟長成什麼樣子。現在假使她有機會靠著憋氣兩分鐘賺得一百萬元，那就為她創造了一

個『目標』——贏得獎金。這個『目標』會滿足她想成為有錢人的『抱負』。」

大野狼敷衍地點了點頭。「妳可以寫一個這樣的故事——一個貪婪、無腦的金髮妹甘願冒著生命危險去收集一堆沒有用的綠色紙張。」

歌蒂拉一臉怒容看著牠。「而故事裡的反派角色會是一頭有騷味、吃小豬的大型犬科動物，牠一直給努力實現人生抱負的女主角潑冷水。」

寶寶熊把牠的熊掌反插在牠圓嘟嘟、毛茸茸的屁股上。「你們倆別吵了。歌蒂拉，我要給妳出回家功課。妳準備好要處理妳的角色，讓他們化身為真實、有人性、立體的人物了嗎？」

她點點頭，一邊斜睨著大野狼。「只要他們是『人』的話就沒問題。」

「那還不如死了算了。」大野狼低聲咕噥著。

寶寶熊走向白板。「關於妳的四個角色，我想要妳寫出這些資訊來。」他在白板上寫下：

妳的「人物摘要表（character summary sheets）」

姓名：

角色：

目標：

抱負：

價值（兩個以上）：

一句話摘要：

一段摘要：

歌蒂拉拿出手機拍下了白板上的文字。「為什麼你想要的價值不只一個？」

「因為大部份的人看重的價值會有好幾個，而這些價值可能會彼此牴觸。一個人的價值彼此牴觸，就會導致內在發生衝突，而這個人也會變得難以捉摸。」

大野狼不以為意地咧嘴一笑。「不是我愛多嘴，但最下面這裡是不是寫錯了啊？你說要寫一句話摘要和一段摘要，這些她都做過了。」

寶寶熊搖搖頭。「她已經給『主角』們寫過一句話摘要和一段摘要了，但是其他角色也會有他們自己的故事。每個人都認為他們是自己故事裡的主角。這些人的故事和小說主角的故事不會相同。你必須了解小說裡每一個角色他們個人的故事。你必須知道是什麼在驅動他們，他們在現實生活中渴求什麼，還有他們打算如何得到渴求的事物。」

「看起來很費事，」歌蒂拉說。

「妳也可以什麼都不做，直接開始寫妳的小說，」寶寶熊說。

「不，我沒辦法！我跟你說了，我不知道要怎麼下筆。」

　　寶寶熊指著白板。「現在妳知道從哪裡下筆了。今天的課程就到這裡結束。假使妳給每個角色一個小時的時間，妳可以在四個小時內完成這件事，然後明天把妳寫出來的東西帶來給我看。」

　　歌蒂拉嘆了一口氣。看來她今天非熬夜不可了。

　　這天晚上，歌蒂拉打點孩子們上床睡覺之後，便坐在電腦前面開始打字。想法開始一一浮現。她已經知道伊莉絲的故事了，這部份沒什麼問題。德克的故事她也有些概念，她一邊打字，內容便神奇地完整了起來。莫妮克的部份稍微有點難度，但是花了點力氣後，歌蒂拉也給了她一些合情合理的安排。

　　但是亨利嘛。

　　歌蒂拉打從心裡討厭他。他是個猥瑣的中年男子，滿腦子想著的只有把伊莉絲弄上床。這傢伙爛透了！她想不到關於他有什麼好寫的，不過那也不重要。他是反派角色，而且反正他會被殺掉，所以她也不必花太多心思在他身上。

　　午夜之前，歌蒂拉把作業搞定了。她爬上床睡覺的時候，總算感覺自己像個真正的小說家了。明天，她要拿她的作業給寶寶熊看，寶寶熊會說她故事寫得非常棒，然後他會幫助她進入下一個步驟。

　　她等不及了。

07 你的一頁故事

「我們已經看過如何幫你的故事寫出『一段摘要』,」
寶寶熊說。
「現在你只要把當中的每個句子
發展成屬於自己的一段文字就可以了。
你有五個句子。把這段文字展開後你會得到五個段落,
加起來就是一頁。就這樣。」

　　隔天，歌蒂拉一早就帶著她的筆記型電腦到了會議中心。她是寶寶熊班上第一個到的，她不耐煩地等著，不知道寶寶熊到底在哪裡。難道牠不知道她很想拿她的作品給牠看嗎？這件事可是很重要的！

　　在工作坊開始前十分鐘，寶寶熊走進了教室。牠背了一個大背包，但牠幾乎還來不及把背包放下來，歌蒂拉就帶著她的電腦衝到講桌旁。

　　「你看，這是我昨天晚上寫的！」

　　寶寶熊捲動電腦上的頁面。「我們來看看。妳的女主角……很好，妳寫了一整頁。我看到她有兩個『價值』。」

　　「我花了很多時間在她的『價值』上，」歌蒂拉說。「沒有什麼比她女兒莫妮克來得更重要的了。還有，擁有一個愛她的男人也同樣重要。」

　　寶寶熊眼睛盯著空白處。「跟我多說一點關於這個向她求愛的男人，亨利的事。」

　　「他很討人厭，」歌蒂拉脫口而出。「他很有錢，因為他是納粹的走狗。」

　　「聽起來他很愛伊莉絲。」

　　「他只是想要把她騙上床。」

　　「他只想這樣？睡她一回就算了？」

　　「才不是呢。他想要娶她。」

　　「我覺得這聽起來像是愛。」

　　歌蒂拉重重嘆了一口氣。「我猜是吧。」

　　「而且如果他有錢的話，他不是就可以幫忙伊莉絲照顧莫妮克？」

　　「或許吧。那又怎樣？」

　　「伊莉絲有兩個『價值』，」寶寶熊說。「沒有什麼比照顧她女兒莫妮克更重要，還有就是擁有一個愛她的男人。看起來亨利完全符合這

兩個條件。假使伊莉絲和他結婚的話，應該會很幸福快樂吧。」

歌蒂拉盯著寶寶熊，心裡想著這傢伙怎麼這麼不浪漫。熊可能是不講浪漫的吧。再說，寶寶熊看起來也還不到談戀愛的年紀。牠真的是一隻很年輕的嫩熊。

寶寶熊一直看著她。「伊莉絲為什麼不嫁給亨利就好了？」

「因為……他是個惹人厭的傢伙！他又禿又胖……他效忠納粹！」

寶寶熊搜尋著螢幕上的文字。「我沒有看到這裡的價值有寫到她想要的男人是有頭髮、有肌肉、而且還參加反抗行動的。」

「但是……這些都是顯而易見的啊！」歌蒂拉大喊。「誰會想要一個又禿又胖還濫殺無辜的男人啊。說實在，你真的很沒概念，你……」

「她又來了，又是預設立場，」大野狼說。

歌蒂拉轉身瞪著牠。「你是從哪裡冒出來的？誰問你的意見來著？」

「妳呀，就是妳剛說誰會想要一個又禿又胖還濫殺無辜的男人的時候。我可以告訴妳，要吃的時候，禿頭的要比有頭髮的來得容易入口多了。假使他是個胖子，那他的口感就更軟嫩多汁了。至於濫殺無辜這件事，真要問我的看法，我會說人類哪有什麼好無辜的——看看他們是怎麼破壞地球、滅絕其他物種就好。所以呢？」

「走開啦！」歌蒂拉大喊。「你這個人怎麼這麼討厭啊！」

「是狼。不是人，是狼。還有啊，妳生氣的時候看起來尤其美味。」

「你太過份了！」歌蒂拉說。「你不應該開這種玩笑的。」

大野狼沒有說話。

歌蒂拉想，搞不好牠不是在開玩笑。

「好了！」寶寶熊一邊說，一邊站到歌蒂拉和大野狼中間。「我們不要離題，可以嗎？我的重點是，歌蒂拉還沒有充份說明伊莉絲的

『價值』。聽起來伊莉絲並不想隨便被哪個男人愛上。這個男人必須得年輕英俊才行。」

「那當然，顯而易見。」

「對伊莉絲來說顯而易見，但不見得對所有人來說都是如此，」寶寶熊說。「這就是『價值』的問題所在——它們不見得總是顯而易見的。一位老太太或許會喜歡和她年紀差不多、既禿且胖但是健談的男士，甚於英俊自戀、專找漂亮小妞搭訕的年輕帥哥。」

「非常好，我會把『價值』修改得更清楚明白一點，」歌蒂拉不快地說。

「除此之外，伊莉絲顯然認為和納粹勾結是邪惡的一件事。」

「當然囉，那很，呃……」歌蒂拉嘆了一口氣。

「顯而易見？」寶寶熊說。「不過，支持納粹的人有好幾百萬喔。很顯然，反抗納粹不見得是所有人的『價值』。」

「那些人的『價值』是沒有任何事比求生存來得更重要，」歌蒂拉說。「但這本來就是眾所皆知的。這很……顯而易見。」

「即便不是如此，妳也老是這麼說，」寶寶熊繼續往下看。「聽起來，妳還要給伊莉絲再多加幾個價值上去。不過其他同學都已經到教室了，我們得先開始上課。」

歌蒂拉注意到屋子裡已經坐滿其他同學。她闔上了筆記型電腦、回頭尋找座位，但幾乎所有位子上都有人坐了。只剩下一個空位，就在第二排，大野狼的旁邊。她坐了下來，但是盡可能地與大野狼保持距離。

大野狼對她露齒一笑。

寶寶熊用熊掌拍拍講桌，吸引大家的注意。

「今天，我們要來談談『雪花分形寫作法』的下一個步驟——『一頁概要（one-page synopsis）』。」

「真討厭，」歌蒂拉說。「我討厭寫概要！我已經試著寫過概要了，結果很悲慘，非常無趣。昨天有一隻大熊教我怎麼寫概要，但那對我來說沒有用。」

「沒錯，不過對我爸來說很有用。」寶寶熊說。

歌蒂拉驚訝到嘴巴張得開開的。「爸爸熊是你的……爸爸？」

「媽媽熊是這麼說的，這她很清楚。」

「媽媽熊是你的媽媽？」

「我以為這很顯而易見，」寶寶熊笑得很開心。「或許妳就會同意我說的，有些事物對某人來說顯而易見，對他人而言卻不見得也是。不過我們還是先回到正題。今天，我們要學習怎麼樣寫『一頁概要』，而且你們會發現現在寫起來變得很容易。」

歌蒂拉兩手交叉在胸前。她知道寫概要有多無趣，她早就已經試過了。她盤算著或許應該先翹課，等寶寶熊談到一些比較有趣的內容之後再回來。

「你們有些人覺得寫概要很無趣……」寶寶熊說。

歌蒂拉的臉頰一陣發熱。

「沒有錯。概要會是你們所做過最無趣的寫作。但是假使你們想要把書賣給傳統出版商，那就非做不可，因為出版商們都很堅持你交給他們的提案裡必須包括一份概要。少了一份精彩的概要，你就很難找到經紀人了。」

歌蒂拉覺得自己的胃好像裝滿鉛塊那般沉重。寫小說這一行還真是辛苦。

「我們今天的目標是要找到一個方法，好讓我們快速、輕鬆地寫出有力的概要。」寶寶熊說。「我們已經差不多要完成了。」

大野狼打了一個大哈欠。

歌蒂拉嫌惡地看了牠一眼。

「我們已經看過如何幫你的故事寫出『一段摘要』，」寶寶熊說。「現在你只要把當中的每個句子發展成屬於自己的一段文字就可以了。你有五個句子。把這段文字展開後你會得到五個段落，加起來就是一頁。就這樣。」

歌蒂拉不敢置信。這聽起來也太簡單了吧。這其中一定有什麼圈套。

「我看到你們很多人都帶了筆記型電腦來，」寶寶熊說。「寫一個概要大概會花上你們一個小時的時間。現在我要你們花二十分鐘的時間寫出前面兩個段落。在最後的二十分鐘，我們要來朗讀其中的幾篇，寫得最好的人可以得到一份獎勵，至於獎勵的內容我會在稍後說明。」

歌蒂拉非常想贏得這份獎勵，她猜那應該會和寫作有關。說不定是寶寶熊的背書，也或許是傑出經紀人的引薦機會。

大野狼抓抓自己的胳肢窩。「祝妳好運啊，金髮妹，」牠低聲說，不知是有意還是無意。

歌蒂拉打開她的電腦，開始拚命地打字。她才不需要什麼好運呢。而且她已經對大野狼和他的無禮感到煩透了。

二十分鐘很快就過去了。就在寶寶熊高喊時間到之前，歌蒂拉完成了她的第二個段落。

「有誰想來唸唸他的寫的東西？」寶寶熊問。

歌蒂拉高高舉起她的手。

教室裡的每個人也都舉起了手。

寶寶熊挑了一個坐在後排、禿頭微胖的中年男子。

男子站起來讀了他寫的兩個段落，文字優美無瑕。他的文學小說是以紐約為背景，概要讀起來鏗鏘有力。

歌蒂拉只想鑽到地底下去。她絕對沒辦法寫出那樣的東西。

大野狼靠到她身邊，低聲對她說：「文字漂亮，但是沒有故事性。內容空洞啊。」

「下一個是誰？」寶寶熊說。

同樣地，有數十隻手高高舉起。

寶寶熊挑選了一位稍微有點年紀的女性。這位女士身形微胖，看起來蓬頭垢面，歌蒂拉覺得她臉上的妝化得很糟。她寫的是情色小說，前兩個段落極為煽情。

歌蒂拉聽得臉頰發燙。她不敢相信竟然有人能寫出那樣的小說，更別提要在眾人面前朗讀出來了。

大野狼壓低聲量震驚地說：「人類做這種事妥當嗎？」

當寶寶熊接著詢問誰是下一名志願者時，歌蒂拉再次舉起她的手，但寶寶熊好像怎麼樣都看不見她。

就在幾位作家分別朗讀了他們的作品之後，歌蒂拉漸漸感到沮喪了。她根本沒有機會。

有什麼東西拍了拍她的肩膀。是個溫暖又毛茸茸的東西。一隻狼爪。

歌蒂拉試著不去理會它。

這隻狼爪堅定持續地拍著她的肩膀。

最後，她轉頭瞪向大野狼。

牠靠了過來。「要不要我幫忙吸引寶寶熊的注意啊？」

歌蒂拉一方面想叫牠去跳樓，但是另一方面卻又在想或許牠真的可以幫上什麼忙。她實在是太想被選上了，於是她輕輕點點頭。

當下一位作家讀完之後，寶寶熊問：「再來是誰？」

大野狼站了起來，揮舞牠的雙爪。「嘿！這裡這裡！金髮妹超想讀她寫的東西喔！有聽到嗎，寶寶熊？」

歌蒂拉真想一頭撞死。大野狼竟然這樣子丟她的臉？

寶寶熊微微一笑。「啊，看起來你們兩個已經握手言和了。很好。那就請妳從頭朗讀妳寫的概要吧，歌蒂拉。」

歌蒂拉站起來開始朗讀：

「一九四四年五月，盟軍急著想在 D 日之前炸毀一個重要的軍火庫。他們訓練了六名突擊隊員，讓他們帶著槍枝彈藥深入敵軍陣營後方。但是他們的飛機遭到高射砲攻擊而被摧毀，只有一名突擊隊員活著跳出飛機外。德克·斯第爾（Dirk Steele）在法國上空跳傘，降落在距離任務目標二十公里處，一個小村落的住家花園裡。暗夜中他的降落並不是很順利，他傷了腳踝。」

歌蒂拉停下來換口氣。

教室裡一片鴉雀無聲。

「花園的女主人是伊莉絲·雷諾瓦（Elise Renoir），她是一名年輕的法國寡婦，有一個八歲大、患有唐氏症的女兒名叫莫妮克。伊莉絲很害怕納粹會把她的女兒帶走，因為她是『有缺陷的』。伊莉絲很想加入反抗行動。她並不怕死，然而假使她被殺了，她的女兒會怎麼樣呢？當伊莉絲發現德克昏迷在她的花園裡時，她知道最保險的作法就是把他交給納粹，但是她做不到。於是她把他藏在地下儲藏室裡，用臨時找到的材料幫他包紮固定了受傷的腳踝。有一個禮拜的時間，伊莉絲都在與她自己的良知角力著。伊莉絲有個她極為討厭的追求者，他是一個禿頭、通敵的中年男子，名叫亨利。當亨利上門向伊莉絲求愛並發現德克的時候，伊莉絲殺了他，並且把他埋在她的花園裡。」

歌蒂拉打住。「我目前寫的就是這些。」

全班響起了掌聲。

寶寶熊興奮地跳上跳下。

「好極了！寫得真棒。妳的第一段給了我們大致的輪廓。妳設定了時間、地點、和風險，而且是極高的風險。妳還介紹了女主角可能

會愛上的對象，德克，並且讓他遭遇到一個問題。接著在第二段，妳介紹女主角伊莉絲出場，給了她兩個難題——她的女兒和一個不相配的追求者——最後導致了災難發生。很快，村民們就會在想亨利發生了什麼事。伊莉絲現在不能回頭了。萬歲！」

歌蒂拉閃耀著自豪的光芒。她做到了！至少她寫出了一部份不無趣的概要。

「我想我們已經有優勝者了，」大野狼說。

歌蒂拉轉頭看著牠。「我……我想寶寶熊會選出這個優勝者。」

大野狼從牠髒兮兮的毛皮下掏出一張名片，遞給了歌蒂拉。「獎品就是和我約會一小時。」

牠的名片上寫著：大野狼作家經紀公司（The Big Bad Wolf Literary Agency）。上面的地址是在紐約市。

歌蒂拉一下子呼吸不過來。大野狼是一名經紀人？而且是從紐約來的？

「我們吃個午飯吧，」大野狼說。「我對妳很感興趣。」

寶寶熊開心地拍著熊掌。「太棒了！歌蒂拉，妳有所不知，大野狼是個非常出色的經紀人。牠年輕又積極，而且牠在編輯們眼中還是個難纏的談判高手。我想說不定是因為牠的尖牙和利爪的關係。」

「是因為我粗獷帥氣的外表吧，」大野狼用爪子刷過牠蓬亂的毛皮。

歌蒂拉打了個寒顫。要是她老公聽到她要跟這樣一個靠不住的人物共進午餐，不知道會說什麼？

大野狼舔舔嘴唇。「妳喜歡吃豬肋排嗎？」

「喜……喜歡，」歌蒂拉說。

「我猜妳不會想吃生的吧。」

「呃，我要燒烤的。」

　　牠的表情有點失望。「好吧，我會說那是第二好的選擇。我知道有間餐廳，假使妳不介意開車到治安比較差的那一區去的話。那間餐廳很小，但是大家都說他們家的肋排是一級棒的。」

　　歌蒂拉心裡閃過一絲恐懼。這聽起來有點恐怖。

　　寶寶熊搖了搖桌上的鈴。「現在是上午的休息時間。我們十五分鐘後回來繼續進行『雪花分形寫作法』的第五步驟。」

08 你的人物的秘密故事

「故事的強度取決於故事中反派的強度，」寶寶熊說。
「有強力的反派，就會有強力的故事；
有無力的反派，就會有無力的故事。
而妳的反派很無力。」

在早上的中場休息時間裡，歌蒂拉發現其他學員的舉止全都變得有點怪異。彷彿她是個特別的人物似的，好像她很清楚自己在做什麼。

她不知道為什麼他們會這麼想。假使他們發現她是個冒牌貨，所有人肯定會討厭她的。她太幸運了，寶寶熊給了她許多額外的幫助，但同時她也對於大野狼突然對她產生興趣而感到有些不安。萬一牠喜歡的不是她的寫作呢？萬一牠喜歡的是……別的呢？歌蒂拉不住發抖。當然啦，假使牠是個邪惡的傢伙，寶寶熊就不會邀請牠來參加研討會吧？

當學生們紛紛回到教室之後，歌蒂拉看見小豬的臉上掛著十分滿意的表情。

大野狼不見蹤影。

寶寶熊瞪著小豬。「大野狼已經向這個社會付出牠的代價了。你根本沒有理由去向大會總監投訴牠的……過去。」

小豬哼地一聲。「假使牠之前殘殺的是幾頭熊的話，牠在你四周徘徊的時候你就不會好像很安心似的了。你可是有聽到牠在吹噓吃小豬的事情喔。你明知道我會來上這門課卻還是邀請牠來參加研討會，你到底是怎麼想的啊？」

歌蒂拉全身發冷。大野狼？牠是殺人犯？

寶寶熊兩隻熊臂扠在胸前。「我相信牠已經改過自新了。牠現在是個備受敬重的作家經紀人，牠不會對對研討會裡的任何一個人造成危險。」

小豬冷笑。「那我們就看看大會總監是不是買我的單了。」

「如果她這麼做，我一定會譴責她的。」寶寶熊粗魯地打開牠的筆記型電腦。「我們已經浪費太多時間在這件蠢事上了。現在我們要進入『雪花分形寫作法』的下一個步驟。」

教室裡一片竊竊私語。

歌蒂拉想，不知道她是不是可以閃掉和大野狼的午餐約會。

「你們都把『一頁概要』的前兩個段落寫好了，很簡單對吧？」寶寶熊說。「這並不像你們之前所想的那樣無趣——因為你把重點放在災難上了。你們今天晚上的回家作業就是完成整份概要。但在此同時，我們要來處理你們的人物了。」

哈伯德太太說：「我以為我們昨天已經做過這件事了？」

「在『雪花分形寫作法』裡，我們會交替著進行一些步驟。我們看情節，然後處理人物；然後回頭調整情節，再處理人物。每一次都做得更深入一點。昨天我們在進行『雪花分形寫作法』的第三步驟時，人物的部份我們做的是很表面的工夫。名字、目標、抱負、價值，這一類的。今天，我們要站在這些人物的立場深入了解他們。」

寶寶熊稍微打住，拿起桌上的「依雲」礦泉水（Evian）喝了一口。

歌蒂拉打開她的筆記型電腦開始做筆記。她等不及要進入下一個步驟了。她非常喜愛以人物為主的小說；她欣賞的作家們都會深入刻劃故事角色的心理。寶寶熊在這個主題上能教她的東西或許很有限，但是說不定她可以從中學到一、兩個竅門。再者，她在這個主題上的知識之豐富或許會讓寶寶熊大吃一驚。

「有誰想要坐在前面這把椅子上？」寶寶熊問。

歌蒂拉不發一語。她的確很想在人物方面多得到一些指導，但是她並不希望自己成為眾人關注的焦點。

小豬舉起牠的右前蹄。「我的角色不需要什麼額外的指導，因為他們都是活生生、真實的人物——其中還有一頭位高權重的名流豬。但是我打算請人來幫我寫草稿，價錢不是問題。」牠看了歌蒂拉一眼。

寶寶熊的神色嚴肅了起來。「假使……有任何人對於和小豬共事感興趣的話，麻煩在課後自行與牠聯繫。現在，我要把焦點放在發展小

說人物上了。有誰自願上台來的？」

哈伯德太太說：「我很想再多了解一點歌蒂拉寫的故事。這故事聽起來很棒。」

教室裡響起一陣贊同聲。

「歌蒂拉，看來妳被選中了。上來坐在椅子上吧，」寶寶熊說。

歌蒂拉覺得自己頭有點暈，但她還是上前坐下。她心裡想，不知道今天的髮型看起來如何。

「談談妳故事裡的男主角，德克‧斯第爾吧，」寶寶熊說。「他做了一件非常勇敢的事，他降落在納粹的占領區，打算要去炸毀一個戒備必定極為森嚴的地方。他為什麼要這麼做？」

「我……」歌蒂拉不想說她不知道。她對德克的動機並沒有太多的思考。「這個嘛，他討厭納粹。」

「一九四四年的時候，所有美國人都討厭納粹，」寶寶熊說。「但是德克是我所看到唯一一個帶著滿背包的炸藥、在黑夜裡跳傘降落在法國小村莊的美國人。他很可能會在這次的任務中喪生。為什麼他會自願去參加這麼危險的任務？」

歌蒂拉想都沒有想就開始滔滔不絕地說了起來。她花了十分鐘的時間解釋德克是如何在布朗克斯（Bronx）一處治安較差的社區裡長大。他小的時候身形孱弱，比較大的孩子們常常會霸凌他，於是他學會要讓自己強硬起來並且反擊。現在他長大成人，既高又壯的他已經毫無所懼了。

德克最要好的朋友是一個名叫班尼（Benny）的猶太男孩。班尼的叔叔住在柏林，他的店面在「水晶之夜（Kristallnacht）」[9]被砸毀

9　一九三八年十一月九日至十日凌晨，納粹政府策動大規模的迫害猶太人行動。許多猶太商店的門窗遭打破，滿街碎玻璃在月色下閃閃發光，此場暴動因而被稱為「水晶之夜」。許多猶太人在這次事件中被殺害或送入集中營，這也被認為是納粹有組織地迫害及屠殺猶太人的開始。

了，班尼也不知道他的叔叔現在究竟是生是死。德克自願加入這個任務是因為他知道在歐洲有好幾百萬人正面臨著和班尼叔叔同樣的遭遇；他想盡自己的一份力打擊納粹的暴行。德克是無所畏懼的。

寶寶熊問起德克的家人。

歌蒂拉說他有幾個兄弟，但是他自己仍然未婚。

「那麼女朋友呢？」寶寶熊說。「像德克這樣強壯、帥氣的男孩應該會有女朋友吧？」

歌蒂拉沒想到這一點，所以她繼續編她的故事。「呃……他是有啦，不過他在出任務的前一個月跟他女朋友分手了，因為德克，呃，在酒吧裡和幾名水兵打架，其中一個剛好是他女朋友的哥哥。」

寶寶熊搖搖頭。「德克正在接受重要任務的訓練，他怎麼在出任務前一個月跑去酒吧和人家打架呢？這很不明智吧？」

「他很講義氣！」歌蒂拉說。「那些水兵找他朋友班尼的麻煩，所以德克就把他們修理個鼻青臉腫。」

寶寶熊說：「看來德克很有保護他人的情操。」

「是的，他很會保護別人。」

「但是他在跳傘落地的時候傷了腳踝，然後有位女士會照顧他、保護他。他的感受怎麼樣？」

歌蒂拉想了幾秒鐘，開始編出一段關於德克的內心衝突、還有被關在地下儲藏室幾天後變得如何焦躁的故事。「還有……這也是為什麼亨利上門騷擾伊莉絲的時候他正好坐在客廳裡！」

「啊，好極了！」寶寶熊說。

歌蒂拉坐回自己的椅子上，她覺得自己處理得很棒。「雪花分形寫作法」強迫她去思考她還沒怎麼想過的那些事，但是她可以看到自己故事的空缺被巧妙地填補起來了。每回寶寶熊問她一個問題，她都能輕易地編出一段情節來回答牠。她很開心自己是個這麼有天份的作家。

「我們來聊聊亨利吧，」寶寶熊說。

歌蒂拉聳聳肩。「沒太多好說的。他是個壞蛋。他跟伊莉絲求愛，然後威脅說要去跟納粹舉發關於她女兒的事，假使她不願意跟他，呃……你知道的。」她不確定寶寶熊有沒有成熟到可以了解男人和女人睡在一起這件事。顯而易見，牠是頭非常純真的嫩熊。

「亨利聽起來是個壞傢伙……」寶寶熊說。

「我們能聊聊伊莉絲和莫妮克嗎？」歌蒂拉說。「我想亨利的部份已經夠多了。我跟你說過，他一點都不重要。」

「但他是故事裡的大反派啊，至少在剛開始的時候是，」寶寶熊說。

歌蒂拉搖搖頭。「反派不重要。我不喜歡亨利，而且我認為談論他只是在浪費時間而已。再說，他在第一幕最後就會被殺了。」

「反派很重要，」寶寶熊說。「我爸在好幾年前出版了一本很有名的故事書，牠就對反派角色著墨很多。那是根據真實事件所寫的。我還是熊寶寶的時候，有個人類的小孩闖進我們家。她偷吃了我們的燕麥粥、破壞了我們的傢俱，而且當我們回家時，她就正好躺在我的床上睡覺。後來她抗拒被捕，而且還逃跑了。顯而易見這是個可怕、邪惡的人類，但也因為這樣讓故事變得很強而有力。」

歌蒂拉覺得一陣發熱，她開始往臉上搧風。「這……聽起來很可怕。但是假使你知道這個女孩的背景，或許會更了解她。或許她有個悲慘的童年。說不定她是迷路了，或者餓了，或者她很怕熊。她會做出那些事的原因可能……可能有有百百種。」

寶寶熊眉頭一皺。「哼！她該被關進監牢裡去的。」

歌蒂拉面紅耳赤，她真想立刻逃走，但這一看就像是畏罪潛逃。她受不了其他學生去猜測她究竟是個什麼樣的人。「我覺得爸爸熊沒有把牠書中的反派處理得很好。爸爸熊應該要多思考這個女孩的動機，

不是嗎？」

「是，沒錯……牠是可以這麼做的，」寶寶熊的口氣有點不太禮貌。「不過至少爸爸熊沒有在故事一開始就殺掉牠的反派角色吧。假使妳對真實世界裡的壞蛋可以如此寬容，那麼妳不是也該願意對小說裡的反派多下點工夫嗎？」

「對，當然，我就是這麼想的，這正是我要說的。」歌蒂拉意識到自己正急促地胡言亂語著。

「很好，接下來，我希望妳像對待妳的主角那樣，用同樣尊重的態度對待妳的反派角色，」寶寶熊說。「我們來讓妳的故事更紮實一點。就現在來看，妳的故事很弱。」

「很弱？」歌蒂拉覺得自己有點心律不整。這不是真的吧？每個人都跟她說她的故事棒呆了。「這究竟是什麼意思？」

「故事的強度取決於故事中反派的強度，」寶寶熊說。「有強力的反派，就會有強力的故事；有無力的反派，就會有無力的故事。而妳的反派很無力。」

「納粹是我的反派角色，」歌蒂拉說。

「胡說八道。納粹是抽象的，我沒辦法把百萬納粹黨員視覺化。我可以看到一個肥胖禿頭、只想把女主角弄上床的通敵法國男，但是現在，他既無力又無趣。妳把他搞得完全不具吸引力，而且他還蠢到讓自己在第一幕就被殺掉了。」

歌蒂拉不知道該說什麼。「但是你說我寫得不錯啊。」

「女主角的部份是很不錯；她被迫要在故事中勇往直前。但故事張力的部份不好，因為妳的反派被捨棄掉了。」

「你幹嘛不早點說這個故事很糟？」

寶寶熊笑了。「因為它並不糟啊。妳的故事裡有許多讓人喜愛的地方，只是妳的反派太弱。現在該是讓他強壯起來的時候了。」

「但是……要怎麼做？我該做些什麼？」

「我想要妳把自己化身為亨利，」寶寶熊說，「去找出是什麼原因讓他成為現在這個樣子。每個人都有不為人知的秘密故事；我想要知道亨利的秘密故事是什麼，我想要了解他為什麼會做出他所做的那些事。所以請妳告訴我們亨利的秘密吧——那個以他為主角的故事。然後在妳完成這件事之後，我們可以再回頭重新調整妳之前做過的那些步驟。」

「但是我們已經花了這麼多工夫在我的故事上了！」歌蒂拉說。

寶寶熊看起來不太高興。「把妳的眼睛閉上，想像妳就是亨利。一九四四年的時候妳正處於中年。也就是說，妳大約在一九○○年左右出生於法國的一個小村落。告訴我妳的秘密故事吧。」

「呃……」歌蒂拉感覺到她的思緒正快速地閃過。「我小時候長得矮矮胖胖的，其他小孩都會霸凌我。我漸漸長大之後，並沒有像德克那樣長得又高又壯，所以我只能靠我的腦袋。我學會了怎麼樣讓我的敵人們自相殘殺。」

「舉個例子說明一下妳是怎麼做的，」寶寶熊說。

「讀中學的時候，有兩個英俊又受歡迎的男生常常找我麻煩，」歌蒂拉說。「查爾斯（Charles）和麥可（Michael）。我傳給查爾斯一封情書，偽裝是麥可的女朋友寫給他的。查爾斯以為那是真的，所以他就試著去勾引那個女生。後來麥可發現了這件事，他們倆大打出手；麥可因此一隻眼睛失明，而查爾斯也被迫離開家鄉去從軍了。」

「一次世界大戰的時候你沒有加入軍隊？」寶寶熊問。

「我年齡一符合就去從軍了，但是因為我的視力很差，沒辦法射擊，所以我只能當個伙伕。沒辦法為自己的國家上戰場作戰這件事一直讓我覺得很丟臉。」

「戰後發生了什麼事？」寶寶熊問。「狀況很糟糕，對吧？」

歌蒂拉點點頭。「先是西班牙流感（Spanish flu）[10]爆發，後來又遇上了經濟嚴重衰退。我找到一份替幫派組織記帳的工作。」

歌蒂拉開始延伸亨利的故事，敘述他如何在戰後的法國勉力求生。他娶了一個其貌不揚的女子，因為他讓對方懷孕了。在撐過「經濟大蕭條（Great Depression）[11]」之後，一場車禍奪走他妻子與小孩的生命。鎮上許多老實的居民都憎惡亨利效力的幫派組織，也連帶與他為敵。

「接著納粹來了，我看出要跟他們作對根本是不可能的事。反抗份子就像一盤散沙一樣，而且有勇無謀。我得聽命於納粹，不然他們就會把我給殺了。鎮上每個人都討厭我，不過還是有一個人從來不會用輕視的眼光看待我。」

「是誰？」寶寶熊問。

「就是那個小女孩，莫妮克。伊莉絲的女兒。」

「莫妮克做了什麼事，讓你覺得很特別？」寶寶熊問。

「她每天早上都會帶花來送我，她會把花留在門口的台階上。」歌蒂拉的雙眼仍然閉著，她可以在腦海裡描繪出小莫妮克每天一大早躡手躡腳地走到亨利家門前、然後留下一大把玫瑰的模樣。「而且她會對我笑。沒有其他人會對我笑。我在想，她的母親，伊莉絲，一定是個非常仁慈的女性，才會教養出這樣的女兒。」

「你會去傷害小莫妮克嗎？」寶寶熊問。「你會向納粹舉報她嗎？」

---

10 一九一八年一月至一九二〇年十二月間爆發了全球性的流感潮。當時因一次世界大戰剛結束，大部份國家缺乏確切的統計資料，但根據最保守的估計，此次大規模流感造成全球兩千餘萬人死亡，較第一次世界大戰死亡的人數還多。

11 一九二九年至一九三三年間發生全球性的經濟大衰退，對已開發國家和開發中國家都造成嚴重打擊。全球人均收入、稅收、物價全面下挫，國際貿易銳減百分之五十，許多國家失業率高達百分之二十五甚至三十以上。

「我……我寧可自己先死。」歌蒂拉全身顫抖，睜開她的雙眼。她發現自己正在流淚。有那麼一段時間，她覺得自己真的就是亨利。這個感覺很難堪，因為亨利是故事裡的大壞蛋。她以為自己恨透他了。但是現在，她覺得心裡頭對亨利也有了些許的愛意。她對他又愛又恨，兩種感覺同時並存。她知道這說不通，但現在她就是這麼覺得。

寶寶熊看了看手錶。「差不多要中午了。在我們午休之前，最後還有人要提出什麼看法嗎？」

小豬大聲地哼著氣。「我是覺得妳毀了妳的反派角色啦，歌蒂拉。現在他成了一個多愁善感又愚昧的傢伙了。不過妳也別把我說的話放在心上，反正妳就要跟大野狼共進午餐了，牠會當面嘲笑妳，然後跟妳說亨利是小說史上最爛的反派角色。」

午休的鐘聲響起。

所有學生都起身快步離開了教室。

歌蒂拉閉上眼睛坐在椅子上，她想等所有人都離開教室後再問問寶寶熊的看法。

但是當人聲散去後她打開雙眼，教室裡除了她已經沒有半個人影。

好了，現在她得去面對大野狼，跟牠談談她那多愁善感又愚昧的反派角色了。今天肯定會是她這輩子最悲慘的一天。

09 你的第二場災難與道德前提

「每個好故事都有它的『道德前提』。
妳可以在史坦・威廉斯（Stan Williams）的著作
《故事的道德前提》（The Moral Premise）當中
看到詳細的說明。
基本的概念就是，在故事的前半段，
主角會懷抱著錯誤的道德前提過活，
然後嚐到後果。」

歌蒂拉走向自助餐廳，她希望能在餐廳角落找到一個大野狼看不到她的安靜位子，讓她可以好好吃個飯。

但就在她走到餐廳大門前，她覺得有人拍了拍她的肩膀。

「噢，老天！」她轉頭。

大野狼正對著她微笑。「我一直在找妳啊，金髮妹。我們去吃午餐吧，我餓死了。」

「午，午餐？」歌蒂拉很想說她寧可留在自助餐廳裡吃；她才不想和被判有罪的殺人兇手去任何地方呢。但不知道怎麼地，這些話她沒辦法說出口。

「我們要去『芭比烤肉屋』（Barbie's Barbecue House），」大野狼說。「妳忘了嗎？我們預訂了十五分鐘後的座位，所以我們動作得快一點了。」

「噢，好的。」歌蒂拉順從地跟在大野狼身後，穿越用餐人潮、走上人行道、經過咖啡館、進入停車場，然後一路抵達牠的車子旁。她的胃因為害怕而翻攪，但她還是上了車。那是一輛有著皮質內裝和強力空調、閃耀著黑色光澤的林肯（Lincoln）汽車。

大野狼把他的手機交給歌蒂拉，請她幫忙導航。

她覺得全身冷汗直流——她當真這麼做了。她坐上一個陌生人、而且還是被定罪的殺人犯的車離開研討會會場了。那可是一隻會把吃人這件事隨口掛在嘴邊的大野狼啊。

而她為什麼會這麼做呢？難道只是因為牠是個小有名氣的經紀人嗎？還是因為她太有禮貌而不好意思拒絕？因為她沒辦法把「不」說出口？為什麼她不能學著更堅定自信一點？

歌蒂拉小心翼翼地把手伸進皮包裡，摸到了她的胡椒噴罐。她幾個禮拜前才剛上過防身課。假使大野狼想對她採取任何行動，她就會立刻對著牠的眼睛噴霧，然後大叫求救。

　　大野狼一路上都在抱怨某個編輯，牠在中場休息的時候接到那位編輯的電話，對方要求要重新協商某位作家的競業禁止條款，因為那個作家同時與兩家出版社合作之外，還私底下接了一些案子。大野狼聽起來非常生氣，牠在說著「有些編輯除了花上三個小時吃午餐之外什麼都不會」的時候還露出了牠的牙齒。

　　車子一路開，歌蒂拉也感到愈來愈害怕。她知道小豬說得對，大野狼很強硬、急躁、或許還有些危險。牠會問她故事人物發展得如何，而她必須告訴牠──她把亨利變成一個懦夫了。

　　她能把亨利變回那個單調乏味的傢伙嗎？

　　不，她不能。寶寶熊是對的。出色的反派人物必須是有血有肉的。她已經賦予亨利血和肉了，她沒辦法再把他變回去。

　　她可以胡謅一通，順著大野狼想聽的話講嗎？

　　不，當然不行。假使她成為大野狼的客戶之後被牠發現原來她之前欺騙牠的話，大野狼肯定會抓狂的。

　　就算牠不會喜歡她的反派角色，她也得如實告訴牠。這是歌蒂拉有生以來第一次要為自己發聲。她喜歡她的反派人物蛻變後的模樣，假使大野狼不喜歡的話，那麼牠就不是適合她的經紀人。

　　「就在那裡。」歌蒂拉指著那間烤肉餐廳。這餐廳看起來豪華極了。「你說這間餐廳很小的。」

　　大野狼露齒一笑。「因為不想讓妳失望啊。這間餐廳好評不斷，所以我猜應該是很棒的餐廳才對。午餐我請，當然囉──算在公司帳上。」

　　歌蒂拉不知道該說什麼才好，所以她說了聲：「謝謝。」但是她很清楚，當大野狼發現牠請客的對象是個和牠不對盤的客戶時，肯定會討厭她的。

❄

　　五分鐘之後，他們已經在餐廳裡了。大野狼點了一份豬肋排。「盡量生一點，」牠對服務生說。

　　「我的要全熟，」歌蒂拉說。

　　服務生離開後，大野狼專注地看著歌蒂拉。「寶寶熊傳訊息告訴我，說午餐前的那堂課已經幫妳在人物上下了一些工夫。告訴我是怎麼一回事吧。我喜歡妳的故事，但是角色才能讓編輯們買單。」

　　歌蒂拉覺得自己的心臟砰砰地跳。「我不知道該從何說起。」

　　「就從女主角開始吧。」

　　「伊莉絲的部份我們沒有花太多時間聊……」

　　「很好，也不需要。妳已經花了說不定有十年的時間在思考伊莉絲這個角色了。我相信她一定和妳很像，妳對她熟悉得不得了。」

　　歌蒂拉點點頭。「所以我們花了點時間談我的男主角，德克·斯第爾。」

　　大野狼點點頭。「他最害怕的事情是什麼？」

　　「他什麼都不怕。」

　　「每個人都有他害怕的事情。」

　　「那你害怕什麼？」

　　大野狼看起來先是一陣驚訝，接著眼神裡流露出憂懼。然後牠搖了搖頭，對歌蒂拉露出了一個使壞的笑容。「想得美，我們要談的是妳的小說。我想聽聽關於德克的事。他害怕什麼？」

　　歌蒂拉花了幾分鐘的時間編了段德克的故事，說他在很小的時候曾經被老鼠咬過，所以他現在很害怕老鼠。

　　大野狼沒說什麼。

　　歌蒂拉以為牠看起來有點失望，但要解讀狼的臉部表情可沒像解讀人臉那樣簡單。

　　服務生送上餐點，他們倆津津有味地吃了起來。

　　大野狼表現出非常得體的用餐禮儀。歌蒂拉原本以為牠或許會像狗那樣啃咬食物、大聲地咀嚼，但是牠進食的時候就像一名美國上流社會的人士般嚴謹優雅。牠問歌蒂拉有沒有什麼人生願景。

　　「我……我只想成為一名暢銷小說作家。我想讓大家知道我的名字。」

　　大野狼點點頭。「就像電影《名揚四海》（*Fame*）的主題曲所唱的一樣。」

　　歌蒂拉覺得臉頰發燙。「我想我很膚淺吧。」

　　「不，不，完全不會，」大野狼說。「對大部份的人來說，權力、金錢、性、或名聲是最大的驅動力。就我個人而言，是名聲在驅動著我。十年後，我要人們聽到我的名字的時候會想到——『世界上最棒的作家經紀人』。」

　　「你會的，」歌蒂拉說「有什麼能阻止你呢？」

　　有那麼一會兒的時間，大野狼的神情極度悲哀，讓歌蒂拉都快哭出來了。「怎麼了？」她問。

　　牠用力搖搖頭。「我們離題了。來談談妳的反派角色吧。這個叫亨利的傢伙。他是怎麼成為這樣一個人的？」

　　歌蒂拉有點心慌……大野狼不會喜歡她要說的。她告訴自己這是大野狼的問題，然後便開始談起亨利的故事——他辛苦的童年、惡霸同學對他的霸凌、無法在一次世界大戰中真實戰鬥的失望、他的妻兒、以及妻兒喪生之後內心的空虛；他向納粹靠攏後的罪惡感，被村民孤立的孤獨感，還有，他對伊莉絲的女兒——唯一待他如常人的莫妮克——的愛。

她在說故事的時候一直盯著自己的食物，不敢直視大野狼的眼睛。

當她一說完，接下來只有一陣靜默。

歌蒂拉看著大野狼。

牠眉頭深鎖。

「有什麼問題嗎？」歌蒂拉似乎有點喘不過氣來。小豬說對了，大野狼討厭這個故事。

「妳的故事走向會因此完全改變，」大野狼說。「這妳了解，對吧？」

歌蒂拉覺得心頭被狠狠重擊。「如果你不喜歡這個故事，我很抱歉浪費了你的時間。但我的心告訴我這才是對的方向，我不會……」她深吸了一口氣，「我不會修改它的。」

大野狼瞇起牠的眼睛。

歌蒂拉有種想死的感覺。「可以在你拒絕我之前再讓我解釋一下嗎？寶寶熊要我把自己當成亨利來設想。於是我問我自己，為什麼他每天早上照鏡子的時候不會想要一槍把自己打死。然後我意識到，每個人，即使是最差勁的壞蛋，也會把自己當成是他們故事裡的主角。一旦我開始這麼想，我便發現亨利並非只是個大壞蛋而已。寶寶熊是對的，而我錯了。所以請你不要試著讓我修改我的故事。我會，我會付我自己的午餐錢的。」

大野狼流下了眼淚。

歌蒂拉驚訝到腦筋一片空白。

「我好愛妳對亨利做的那些事。」大野狼用牠的掌背擦去淚水。「妳沒辦法想像成為故事裡的反派角色、然後所有人都討厭妳的那種感受。」

歌蒂拉可以想像。她很幸運，爸爸熊不知道牠小說中那個小女孩的真實身分。她把她的手放在大野狼的爪子上，輕輕地拍了拍。

「我……我好像沒特別注意新聞，」歌蒂拉說。「但是你似乎曾經被控犯下了……謀殺罪？」

「雙重謀殺，」大野狼說。「好幾年前了。不是我做的，我也試著跟所有人解釋。我叔叔是個惡名昭彰的殺人兇手。妳一定聽過小紅帽她奶奶的事？」

「噢，天啊！」歌蒂拉從小就聽過小紅帽的故事，大野狼吃掉了她的奶奶。歌蒂拉全身皮膚一陣冰涼，連一句話都說不出來。

「十年前，我被控殺了兩隻小豬，」大野狼說。「事情發生的時候我睡著了，就在我自己家的床上。不知道為什麼，那天我睡了整整二十四小時，完全不像我平常的樣子。但是我提不出證據，而且犯罪現場找到的野狼腳印剛好和我的完全吻合，於是我就因為間接證據而被判有罪，被送進監獄裡服刑了。」

歌蒂拉隱約記得聽過這件事。那時候她還在唸大學，兩隻小豬被邪惡的大野狼謀殺對她來說其實是無關痛癢的。

大野狼用一雙憂傷的大眼看著她。

歌蒂拉快哭了。「而現在你也沒辦法洗刷自己的罪名。」

牠搖搖頭。「沒辦法。我被陷害了，而且我的家族名聲很差，我那惡名遠播的叔叔名字甚至和我一模一樣。法官終究認定我是有罪的。幫我辯護的公辯律師很彆腳，加上沒有不在場證明，我完全沒有機會。」

歌蒂拉相信牠。她也說不上來為什麼，但是她很肯定大野狼是被陷害的。

「寶寶熊認為我已經改邪歸正了，」大野狼說：「但是牠錯了。我從頭到尾都沒有殺過人。」

「我相信你，」歌蒂拉說。「你說話很粗魯，也會出言嚇唬人，但是我想那只是做做樣子而已。我認為你是一隻非常仁慈又溫和的野

狼。」

大野狼露出牙齒作勢低吼：「妳敢跟任何人這樣說就試試看，以後編輯們都不會怕我了。」

歌蒂拉笑了。

「好了，我們回到妳的小說上，」大野狼說。「妳讓妳的大壞蛋改頭換面了。這會造成很大的影響。」

「小豬說我毀了我的故事，」歌蒂拉說。

大野狼哼了一聲。「胡說八道。別理那個腦滿腸肥的白癡傢伙。牠哪裡懂小說啊。妳是改動了妳的小說，但妳的小說會愈改愈好。只是妳現在得把故事再重新想過了。」

「所以……你還是對我有興趣嗎？」歌蒂拉不敢相信。「我在跟你說亨利的故事時，你看起來好像不太高興。」

大野狼微微一笑，往前傾了傾身子。「希望我剛剛沒有嚇到妳，但我得先看看妳是塊什麼料子。我喜歡能捍衛自己立場、忠於自己故事的作者。」

「真……真的嗎？」歌蒂拉睜大眼睛看著牠。「但是我以為你喜歡……喜歡強勢的反派角色。」

「噢，沒錯，沒錯，」大野狼說。「亨利已經變得比我以為的強勢多了。妳昨天提到的亨利，是那種下流、膚淺、無趣的壞蛋，他只是為了喜歡使壞而使壞。」

「但是你昨天什麼也沒說。」

「這就是為什麼我要邀妳來共進午餐的原因；我想跟妳聊聊我看到的問題。不過看來妳已經讓妳的故事回到正軌上了。那麼告訴我亨利的價值觀吧。」

「沒有什麼比生存更重要；也沒有什麼比榮譽更重要。」

「榮譽？」大野狼說。「跟我說說妳對榮譽的看法吧。這對野狼

來說是非常重要的價值。事實上，就野狼而言，榮譽絕對是至高無上的，這是我們最卓越的文化價值。對人類來說就不見得是如此了。」

「這個嘛，假使你讀過《教父》（*The Godfather*），你就會知道有些人類是將榮譽視為他們最崇高的價值的……」歌蒂拉說。

大野狼臉上閃過一抹驚訝的神情。「妳讀過《教父》？」

「那是，我最喜歡的小說之一。」歌蒂拉一陣臉紅。「我猜是那本書把我帶壞了。」

「那也是我最喜歡的小說之一呢。」大野狼身子更往前靠了一點，牠仔細地打量著歌蒂拉。「妳喜歡《教父》的什麼地方？」

「我一直覺得很不可思議，馬里奧・普佐（Mario Puzo）竟然能創造出這樣一個亦正亦邪、令人難以抗拒的角色。然而他的『正』卻是以一種扭曲的方式表現出來的。他幫助窮苦的寡婦，不求任何回報；他會替自己人動用私刑討回公道；他保護社群裡的孩子逃過徵兵──只要他們以榮譽之名向他致上敬意。榮譽，是他財富的基礎。沒有榮譽，他就一文不名了。」

「從他的長子做出讓他不光彩的事情開始，『榮譽』這個價值就一直在驅動著故事的發展，」大野狼說。「榮譽又怎麼驅動著妳故事裡頭的亨利呢？」

「他一輩子都活得很不光彩。不論是小時候、在學校、在軍隊裡，都是如此。一次世界大戰之後，鎮民們會因為他替幫派組織做事而在他經過的路上吐痰。後來納粹占領了法國，他出於害怕投靠納粹，但他們也視他為賣國賊而看不起他。亨利這一輩子都被別人輕視為一個懦夫，但是他認為自己並非只能當一個懦夫而已。」

「那麼他的『抱負』是什麼呢？」

「他想要得到尊重。他想要成為光榮之人。」

「很好，這有些抽象，」大野狼說。「這是一個很好的『抱負』。妳

要怎麼樣把它變成一個具體的『目標』？對他來說，要怎麼樣看起來才會是一個光榮之人呢？」

「他很想要做一件轟轟烈烈的大事。崇高的大事。要有意義，能夠彌補他過去通敵這個過錯的大事。」

「這些都很抽象。在當了一輩子的黃鼠狼之後，他還能做什麼呢？」

歌蒂拉覺得自己的心臟砰砰地跳著。「他可以炸毀彈藥庫。德克和伊莉絲失敗的時候，他可以獨自去把它炸毀。」

「哇，哇，哇！」大野狼喊道。「我以為妳在第一幕就給亨利賜死了呢。他是怎麼活到妳故事結尾的？」

「噢，這個嘛，我接下來就是要告訴你這件事，」歌蒂拉說。「我沒辦法在第一幕就殺了他。」

「給我一個新的『一段摘要』，而且我要看到三個夠漂亮、夠紮實、夠激動人心的災難。」

歌蒂拉拿出了她的筆記型電腦。「實際上，這個想法太新了，我甚至還沒來得及把它寫下來。我可以一邊講一邊打字嗎？」

大野狼點點頭。「妳方便就好。」

歌蒂拉開啟了她的「一段摘要」檔案，存了備份檔，然後就開始邊講邊重打內容。

「伊莉絲·雷諾瓦是一名住在法國納粹占領區的年輕寡婦，德克·斯第爾則是一名美國特務，他在 D 日前三星期跳傘降落在伊莉絲家的後院裡並且摔斷了腿。伊莉絲照顧德克一星期之後，她討厭的追求者亨利發現了他們，亨利威脅著要去向當局舉報德克，除非伊莉絲同意嫁給他。伊莉絲把她的女兒莫妮克送去偏僻的鄉下幾個禮拜，打算在幫助德克炸掉彈藥庫之後再去與她會合，但是莫妮克落入了納粹手中，他們打算把她送往死亡集中營。伊莉絲加入反抗組織，並且說

服亨利幫助她和德克一起埋伏襲擊載運莫妮克的卡車。然而在打鬥的
過程中，德克受了重傷。德克和伊莉絲駕駛著卡車，一路閃避納粹的
攻擊，終於在盟軍發動攻擊的前一天把彈藥庫炸毀。」

　　大野狼露出微笑。「我喜歡這個故事，這個故事有力多了。在這個
版本裡，妳讓伊莉絲加入了反抗組織。是發生什麼事了嗎？她原本是
會感到害怕的。」

　　「她意識到帶著恐懼生活只會導致災難，於是她決定試著以勇氣面
對生活，看是不是能帶她走向勝利。」

　　「沒錯！」大野狼大叫。牠從椅子上彈了起來，高舉雙手開心地在
四周跳來跳去。「達陣啦！」

　　其他正在用餐的客人都盯著牠和歌蒂拉看。

　　歌蒂拉不打算去理會那些眼光。剛剛確實有什麼事發生了。她不
很確定到底是什麼，但聽起來她有了新的突破。

　　大野狼坐了下來。「我想妳找到了妳故事的『道德前提（Moral
Premise）』。」

　　「道德什麼？」歌蒂拉說，她有那麼點被冒犯的感覺。「我可沒有
打算寫什麼說教的小故事。」

　　「當然囉，」大野狼說。「但是每個好故事都有它的『道德前提』。
妳可以在史坦・威廉斯（Stan Williams）的著作《故事的道德前提》
（The Moral Premise）當中看到詳細的說明。基本的概念就是，在故事
的前半段，主角會懷抱著錯誤的道德前提過活，然後嚐到後果。」

　　「所以伊莉絲她錯誤的道德前提是……？」

　　「她以為自己帶著恐懼過活才能明哲保身，」大野狼說。

　　「但是，帶著恐懼過活讓她走向了災難。」

　　大野狼點點頭。「然後第二個災難的結果——就發生在故事的正中
間——讓主角轉而擁抱正確的道德前提。她下定決心，要帶著勇氣活

下去。」

「而這把她帶往勝利。」

「是的。從表面看來不見得會是勝利，」大野狼說。「伊莉絲或許找不回她的女兒；她炸掉彈藥庫的任務或許會失敗；她甚至可能沒辦法成功活下去。但重點在於，她的靈魂勝利了。美德本身就是最棒的獎賞。」

歌蒂拉覺得，聽一隻被判謀殺罪的大野狼談論美德，是一件非常詭異的事。

大野狼露出微笑。「真是太好玩了。沒有什麼比幫助一個作家找出她的故事更讓我覺得開心的了。」牠看看手錶。「很可惜，我們得回研討會會場了。但我就直說了吧——我很喜歡妳故事的走向；妳今天有相當戲劇化的進步喔。」

「現在我有一大堆功課在等我去做了。」歌蒂拉說。

在修改反派角色之後，她的故事有了一百八十度的大轉變。

這也表示她得把所有一切都重新想過了。

她一定要好好地罵寶寶熊一頓。

假使牠的「雪花分形寫作法」這麼厲害，那為什麼她的故事還需要做這麼多的改變？

10 為什麼「回頭檢視」是件好事

「重寫妳的原稿就是在做『回頭檢視』這件事，」寶寶熊說。
「而從頭開始重新寫過，
　　就是『回頭檢視』最糟糕的一種形式。」

歌蒂拉邁著大步，準時走進教室；大野狼一派輕鬆跟在她身後。教室裡的空位不多，但歌蒂拉在中間偏後方找到一個位子，而大野狼則是在最後一排坐了下來。

寶寶熊站在教室前面，對著他們倆微笑。「我可以問午餐吃得如何嗎？」

「肋排棒極了，」大野狼說。「豬肋排，又大又多汁，而且生嫩得不得了——」

「叫牠閉嘴！」小豬大叫。「大野狼，你最好小心一點，不然你就等著回去吃牢飯吧！」

大野狼對著牠齜牙咧嘴，兇猛地嗥叫了幾聲。「我可以邀你今晚共進晚餐嗎？如果你能帶上蠶豆和一瓶上好的康帝葡萄酒（Chianti）[12]——」

「夠了，你們兩個！」寶寶熊說。「歌蒂拉，妳和大野狼的會議有什麼進展嗎？妳對於修改反派角色會有什麼幫助好像不是很確定的樣子。」

「我的反派角色好得很，」歌蒂拉聽起來很不悅。

「沒錯，棒極了，」大野狼說。「我已經想到我認識的哪些編輯會喜歡她的故事了。」

寶寶熊的眼睛先是看著歌蒂拉，然後轉向大野狼，接著再回到歌蒂拉身上。「有什麼問題嗎，歌蒂拉？聽起來妳已經得到大野狼投下的同意票了。」

「我說過，我好得很。」歌蒂拉雙臂交叉在胸前，皺眉瞪著寶寶熊。

「妳看起來就不好啊。好像有什麼事情惹妳不開心吧。」

---

12 大野狼此語典故來自小說《沉默的羔羊》（*The Silence of the Lambs*，一九八八年）與同名電影（一九九一年）當中的情節，食人魔漢尼拔（Hannibal）提到他殺害了一名調查他的探員，並將他的肝臟配著 豆與康帝葡萄酒一同吃了。

歌蒂拉不敢相信寶寶熊竟然這麼遲鈍。「你答應過要教我們怎麼樣用『雪花分形寫作法』寫我們的小說。」

寶寶熊平靜地看著她。「我正在這麼做啊。妳已經完成前五個步驟了，而且妳做得很好呢。」

「精彩，」大野狼說。「超級、無敵、厲害。」

「我才沒有做得很好呢，」歌蒂拉說。「就在午餐之前，不知道你有沒有發現就是了，我對我的反派角色做了一些非常大的修改，而現在我整個故事都必須跟著調整了。這樣我怎麼好得起來？我得把所有事情都重做一遍了。」

寶寶熊聳聳肩。「我想這聽起來的確是個問題，但這是個好問題，我就是要來教你們為什麼回頭重新看過是必要的。我們先來盤點一下好了。妳已經完成『雪花分形寫作法』的前五個步驟了。妳預計修改妳的步驟一，也就是妳的『一句話摘要』，大概得花上多少時間？」

歌蒂拉打開了她的筆記型電腦。「呃，實際上，那個部份不需要作修改。就……保持原來的樣子就行了。」

寶寶熊點點頭。「我也是這麼認為，不過還是確認一下的好。我會建議我的學生們經常去修正他們的『一句話摘要』。那麼步驟二，妳的『一段摘要』呢？顯而易見，在妳修改了妳的反派角色之後，這個部份也會需要做一些調整吧。這要花上多少時間？」

「她在吃午餐的時候搞定了，」大野狼說。「你們真該現在就聽聽看的，這個版本好多了。我們一邊聊，歌蒂拉就一邊重寫了，花了大概五分鐘左右吧。老天，這個故事真的很有意思，看來這個壞蛋或許能有贖罪的機會喔。」

「贖罪──呸！」小豬說。「一日壞蛋，終生壞蛋。」

哈伯德太太對著小豬伸出她瘦長如柴的手指頭搖了搖。「別胡說八道，年輕豬！人是可以改變的，即使是大野狼也是可以改變的。但是

當你有的只是一個空碗櫥，那就什麼也沒得改變了。」

寶寶熊踩著牠的腳跟前後晃動著。「聽起來歌蒂拉為了要重作『雪花分形寫作法』裡的這個步驟而不太開心啊。她花了五分鐘修改她的『一段摘要』。」牠走到白板旁，寫下「五分鐘」。

小豬抬起牠粉紅色的長鼻子，輕蔑地笑了。「但是她在步驟三做的『人物表』註定要失敗了。她昨天晚上花了好幾個小時才搞定，現在她所有努力都變成沉沒成本了。」

歌蒂拉打開「人物表」的檔案，一路往下瀏覽。「嗯，我想也不是全都要改。伊莉絲的部份就完全不需要更動，除了她個人的『一段摘要』需要重寫之外。不過這和小說本身的『一段摘要』是一樣的，所以我只要做複製貼上的動作就好了。」

「再來是德克，」大野狼說。「我想這妳得花上好幾天、甚至好幾個禮拜去修改吧。」

歌蒂拉看著她替德克寫的「人物表」。除了他的「一段摘要」之外，其它並沒有什麼需要修改的，而她也預期這和她替伊莉絲的部份所作的修改差不多。「我想這只要花個幾分鐘的時間就搞定了。」

「噢，好的，那再來是莫妮克！」大野狼說。「肯定要花上好多天好多小時修改啊！」

歌蒂拉搖搖頭。「不，她的部份也只要幾分鐘就夠了。亨利的『一段摘要』才是真正的問題。這部份我會改到瘋掉。」

寶寶熊聳聳肩。「有時候就是會發生這種事。先把妳替亨利寫的內容唸出來給我們聽聽吧。」

歌蒂拉繼續往下捲頁。

亨利的部份只有一片空白。

她的臉瞬間變得發燙。「噢，老天！」

大野狼一靠過來看她的電腦螢幕，便蹲在地上開始狂笑。牠實在

是笑得太用力了，整隻狼翻倒在地上，抱著肚子狂抖。

歌蒂拉覺得丟臉死了。「實際上，亨利的步驟三我什麼也沒做，我只寫了他的名字而已。」

寶寶熊點點頭。「我記得他的部份滿乏善可陳的。我還有印象妳很不喜歡他，因為他是一個卑鄙、齷齪、邪惡、懦弱的⋯⋯」

「不要這樣說亨利！」歌蒂拉大吼。「他有悲慘的童年，而且還有很多原因讓他變成那樣的人。」

「⋯⋯混黑道、自私自利、貪得無厭、強奪豪取、好色、固執（pigheaded），」

「講得好像這是件壞事一樣，」小豬說。

「⋯⋯耍流氓、靠納粹撐腰的惡霸，」寶寶熊說。「所以妳不需要花費力氣去寫他，反正他只是個反派角色而已。」

歌蒂拉覺得很羞愧。「呃，我錯了啦，所以我想我得回頭再看一下，然後替他的步驟三寫點東西。」

「我想妳是該這麼做的，」寶寶熊說。「這部份妳得額外再花多少時間呢？」

「這個嘛⋯⋯倒是不需要再額外多花時間，因為我一開始就根本沒做，」歌蒂拉說。「但是假使你的『雪花分形寫作法』真的這麼厲害的話，應該在我往下寫之前就會逼得我去做這件事了。現在我還是得回頭再看過。」

「『回頭檢視』沒有錯啊，」寶寶熊說。「事實上，這是必要的。所有的作家都會回頭檢視，差別只在於他們必須回頭做『多少』檢視。」

大野狼笑夠了。牠爬了起來，回到自己的位子上。「你們想聽個恐怖故事嗎？」牠說。「去年我手上有個作者，他收到了編輯寄給他的修改意見信，上面只有兩個字：『重寫』。」

「媽呀！重寫？」寶寶熊悲傷地搖搖頭。

「什麼是『修改意見信』？」歌蒂拉問。

「在妳把小說推銷出去之後，妳會花一些時間去修改妳的小說，直到妳認為完美的程度，」寶寶熊說。「然後妳會把它寄給出版社。接著他們會指派一名編輯，他會仔細地閱讀妳的小說，做筆記，然後寫封修改意見信給妳，告訴妳這個故事哪裡寫得好、哪裡有問題。這封信不會告訴妳該怎麼修改，這不是編輯份內的工作；他要做的是去點出其中主要的問題。至於妳的工作，就是在妳收到這封修改意見信之後，去重新寫過妳的原稿。」

「實際上，作者的工作要比這複雜得多了，」大野狼說。「當作者接到修改意見信之後，按照法律規定，她要打電話給她的經紀人，激動地抱怨那個刻薄、討厭、冷酷又無腦的編輯。她會哀嚎、呻吟、抱怨個三個小時。假使她是情緒化的那種人，她會跟你哭個沒完沒了；假使她不是，那麼她會偷偷開始計畫著如何把郵件炸彈寄給她的編輯。這時候她充滿智慧又傑出的經紀人會勸她懸崖勒馬，提醒她她可是簽過了有法律效力的合約，要她去看看或許那位編輯在修改意見信上還是有說了那麼一兩個沒那麼低能的意見。」

「而且到頭來，當作者恢復理智之後，她還是會重寫她的原稿。」寶寶熊說。

「所以，你的重點是？」歌蒂拉說。「這和『回頭檢視』有什麼關係？」

「重寫妳的原稿就是在做『回頭檢視』這件事，」寶寶熊說。「而從頭開始重新寫過，就是『回頭檢視』最糟糕的一種形式。」

「這我只有在我那些靠直覺寫作的作家們身上看到過，」大野狼說。「的確啦，有時候他們在第一份初稿就可以搞定了，但有時候呢，老天，他們拿出來的可能會是你聽過最蠢的蠢話，而他們還老自以為那是傑作。」

「重點就在於，」寶寶熊說，「等妳初稿全都寫好之後再回頭檢視，那放在妳眼前的可是六個月累積出來的苦力了。」

「然後出版社只會給妳一個月的時間修改，」大野狼說。「那真是太開心了！」

「你說所有作家都得做『回頭檢視』，」歌蒂拉說。「意思是，『大綱式寫作法』和『雪花分形寫作法』的作家也得這麼做？」

「當然，」寶寶熊說。「當大綱式寫作法的作家回頭檢視的時候，他必須要修改他的大綱。假使那有一百頁，他就得做一百頁的修改。這當然是比重寫四百頁的草稿來得好些，但仍然要花上很多力氣。」

「但是……『雪花分形寫作法』的作家也得回頭檢視？」歌蒂拉說，她就是要讓寶寶熊承認這一點。

「當然！」寶寶熊說。「我一直在試著告訴妳這一點。每個人都會回頭檢視的。妳永遠不可能在第一回合就拿出完美的作品。在『雪花分形寫作法』的十個步驟當中，我會鼓勵作家——如果必要的話，每進行一個步驟就回頭檢視一次。」

「這太可怕了！」歌蒂拉大喊。

「如果只要花上五或十分鐘的時間就不可怕，」大野狼說。「金髮妹，這就像妳剛剛看到的那樣。況且，嚴格說來，妳之前沒做該做的功課，所以這根本也算不上是在回頭檢視。妳只是沒有照著步驟順序在做。」

「噢，」歌蒂拉用非常小的聲音回答。

「『回頭檢視』是件好事，」寶寶熊說。「這會讓妳的故事更強大、更深入、更豐富。『雪花分形寫作法』的作家們之所以喜歡這個方法，原因就在於他們會從很早期開始，就一小段、一小段的內容做很多的回頭檢視。這也表示他們之後不需要等到作品膨脹成四百頁的內容時，再來花很大的力氣做這件事。跟整篇小說比起來，修改一頁的概

要肯定來得容易多了吧。」

歌蒂拉打開她的「一頁概要」檔案，看看到底有多少地方需要修改。她只寫了前兩段，因此她只需要修改第二段的最後一句話——也就是伊莉絲殺了亨利、然後把他埋在院子裡那一句。

「所以，歌蒂拉，」寶寶熊說。「妳能告訴我們做這個回頭檢視預估要花上妳多少時間嗎？」

歌蒂拉沒有開口。

「好幾個小時？」大野狼說。「還是幾天？幾個禮拜？」

「大概……十分鐘吧，」歌蒂拉說。

寶寶熊笑了。「好吧。」

「我才不要！」歌蒂拉身旁的年輕人說。「我不是來學怎麼樣把同一塊口香糖反覆嚼個上千遍的。這課我不上了。」他抓起了背包，晃著身子走出教室。

寶寶熊的嘴巴因為驚訝而張得開開的。「還有其他人覺得這個作法太困難而想要離開的嗎？」

歌蒂拉覺得在工作坊還進行中的時候就這樣走出教室實在是太失禮了。

但是一個接著一個，又有六名學生安靜地拿起他們的個人物品，離開了教室。

小豬舉起了牠的豬蹄。「我們可以繼續下去嗎？人家之所以棄你而去，就是因為你一直在跟我們說一些我們不想聽的東西。沒有人會想聽到寫小說原來需要作一遍又一遍、無止盡的修改。年輕熊，你最好是多花點力氣讓寫作變得有趣一點，不然你只會看到更多人離你而去。」

寶寶熊看著牠的手錶。「我們大概只剩下兩分鐘的時間，這場工作坊就要結束了。時程表上的下一個節目是在大禮堂舉辦的演講活動。

所以你們今天晚上的作業是要回頭檢視你們『雪花分形寫作法』的前五步驟，並且修改需要調整的地方。請完成你們的『一頁概要』，並且給每一個故事人物寫上半頁到一頁的摘要。我希望你們都能真的把自己當成這些人物，去探索他們背後的故事。去找出是什麼原因讓他們說這些話、做這些事。明天，我們要──」

鈴聲響起。

就在此時，有大約一半的學生立刻從座位上跳了起來，抓著他們的東西迅速湧向門口。另外一半的學生正埋頭做著筆記，但他們看起來也急著想離開似的。

歌蒂拉心裡替寶寶熊感到糟透了，看到這麼多學生對於牠教的內容興趣缺缺肯定讓牠沮喪萬分。她跟在寶寶熊後面離開了教室，走到外頭的走廊上。

寶寶熊很快地走進了男廁。

歌蒂拉不想讓自己看起來像個跟蹤狂。她繼續往大禮堂的方向前進，但她對於接下來的演講並不是太感興趣。

她索性走出大樓，前往咖啡館。後方的庭院隱約傳來一些聲音，於是她試著透過遮蔽住視線的灌木叢隙縫中窺探。

大野狼正坐在遠處的角落裡喝著牠的大杯咖啡。

小豬在牠面前來回走動著，正在和牠爭執些什麼。

歌蒂拉聽不到小豬說的話，但她看見小豬漲紅了臉。

而大野狼也是滿臉怒容。

歌蒂拉不想被波及，於是她往後退，快步到停車場把車開回家，開始構思她的故事。

那天晚上，當孩子們都上床睡覺之後，歌蒂拉熬夜把她目前為止所作的一切重新看過一遍。她修改了每個主角的「一段摘要」，也完成了「一頁概要」。她寫了滿滿一頁，交代她每個故事人物的背景故事與

動機。

　　等她搞定一切，已經是三更半夜了。在她腦袋裡有個小小的聲音
對她說，她實在不應該花這麼多工夫在這些初期作業上的，畢竟她之
後還是會再回頭來修改它們。但她有個直覺，如果她這些初期作業作
得愈好，後面要花的力氣就愈少。

　　明天，她要再找大野狼談談，看牠是不是真有興趣讓她成為牠的
客戶。她覺得大野狼或許會是一個很棒的經紀人。

　　一個外表尖牙利嘴、內心卻柔軟仁慈的經紀人。

11 你的長版概要

「要了解你自己的故事的話，
『長版概要』會是很有用的一個步驟，」寶寶熊說。
「對於寫一份企劃給你的經紀人也同樣有用。」

「今天，在『雪花分形寫作法』的第六個步驟當中，」寶寶熊說，
「我們要回到故事情節的處理上。
記得，我們會在人物和情節、情節和人物之間來回。
這可以確保我們在寫作的過程中發展出內容均衡的故事。」

隔天早上，歌蒂拉第一個進教室。她希望大野狼也能早點到，這樣她就可以和牠聊聊是否能成為牠代理經紀的作家。或者寶寶熊也好，她可以讓牠看看她最新修改的內容。

但是第二個到教室的是小豬。牠直接走到歌蒂拉的位子旁坐下。「妳昨天晚上有完成所有的作業嗎？」

歌蒂拉點點頭，並接著告訴牠她在深入探索每個角色之後有哪些驚人的發現。

小豬在她說話的時候也點頭回應著。牠似乎對她的故事很感興趣，還問了幾個問題。

直到寶寶熊的熊掌拍擊講桌桌面時，歌蒂拉才回過神來。「早安！我看到今天現場的人數有少了一些，但是在這裡的每一位都是願意為作品投入心力的人，我為你們所有人感到驕傲。」

歌蒂拉環顧了四周，看看有哪些人坐在現場。

教室裡的座位大概只坐了三分之二滿。

大野狼啜飲著咖啡走進教室。牠對歌蒂拉輕輕揮揮手，然後給了小豬一個難看的臉色，接著便在教室後方的位子坐了下來。

「今天，在『雪花分形寫作法』的第六個步驟當中，」寶寶熊說，「我們要回到故事情節的處理上。記得，我們會在人物和情節、情節和人物之間來回。這可以確保我們在寫作的過程中發展出內容均衡的故事。」

「老兄，我們是不是有哪一天會拿來寫概要啊？」第二排一位年輕男子說。他穿著一身皮衣，還帶著一把大弓和滿滿一整筒的箭。「因為我聽說這會是你在推銷作品的時候最重要的東西。」

寶寶熊斜眼看了一下他的名牌，然後微笑對他說：「沒錯，羅賓漢先生。今天，我們要來看看你們昨天寫的『一頁概要』，然後把每一段發展成一頁的內容。做完之後你大概會有四或五頁的文件，我把它叫

做『長版概要』。」

「我們到底是能拿它來做什麼?」小豬說。

「做好幾件事,」寶寶熊說。「首先,這可以幫助你更了解你的故事,讓你的故事有血有肉。你或許會發現情節發展上有些需要被解決的問題;你或許會發現故事主題浮現出來了;你也或許會把你的人物看得更透徹。」

歌蒂拉在她的筆記型電腦上做著筆記,她在大標題「長版概要的目的」下方寫下:**(一)故事有血有肉。**

「第二,」寶寶熊說,「在我們進行到『雪花分形寫作法』的第八個步驟,也就是你要列出『場景表』的時候,『長版概要』可以幫上大忙。」

歌蒂拉寫下:**(二)為「場景表」作準備。**

小豬用牠的豬蹄急急敲著桌面。「說得對,但是這干賣書什麼事呢?」

寶寶熊指向教室後方。「既然有位出色的經紀人在我們現場,我就請大野狼來和我們談談概要的重要性吧。」

大野狼站了起來,長長地喝了一口咖啡。「概要這東西超級無聊。編輯們討厭讀概要,經紀人也討厭讀概要。我們喜歡讀的是你實際的故事——這才是有趣的部份。但是你得先寫出一個概要,不然我們甚至連看都不會去看你的故事。別問我為什麼,就是個莫名其妙的傳統。所以寫概要的首要原則就是:愈短愈好。」

歌蒂拉舉起她的手。「如果愈短愈好的話,為什麼大綱式的作家他們動不動就寫個上百頁的概要?」

「因為大綱式作家他們需要靠十頁、五十頁、或者是上百頁的概要來寫出他們的初稿,」寶寶熊說。「寫概要這件事是他們『創意典範』的一部份,他們是為了自身的好處才寫概要的。不過他們不會把這樣

長篇大論的概要寄給經紀人和編輯。」

　　大野狼看起來一臉驚恐。「假如你寄這樣長篇大論的概要給我，我會先把它燒了再說。我想看的概要最少兩頁、最多不超過四頁。就這樣。」

　　「所以『長版概要』的第三個用途，」寶寶熊說，「就是作為素材，讓你寫出可以提供給經紀人的正式概要。」

　　歌蒂拉寫下：（三）給經紀人的正式概要的素材。

　　小豬清了清喉嚨。「所以你是在告訴我們，花這麼多力氣寫這份『長版概要』，為的是要讓我們……做更多事？」牠聽起來非常不悅。

　　「我的意思是，要了解你自己的故事的話，『長版概要』會是很有用的一個步驟，」寶寶熊說。「對於寫一份企劃給你的經紀人也同樣有用。」

　　「時間就是金錢，」小豬說。「這一類瞎忙的事對市井小民來說是無所謂啦，但是——」

　　「今天晚上的回家作業，」寶寶熊打斷牠的話，「不認為做這件事有損身分的同學們，請你們給自己的小說寫一份『長版概要』。只要擴寫你『一頁概要』裡那短短的故事，你就會發現你的『長版概要』自然水到渠成。」

　　「喂，歌蒂拉，」小豬說。「我一直在觀察妳，我覺得妳是個相當不錯的作家。很有天份。妳要不要和我合作寫部精彩的小說，關於一頭神奇小豬的生命故事？」

　　歌蒂拉不知道自己是該笑、該哭、還是該大叫衝出教室門外。

　　「她沒興趣啦，」大野狼說。

　　小豬轉頭。「誰問你來著？我在問歌蒂拉。她對這些事很在行——」

　　「你的意思是，她就是對瞎忙很在行的那種市井小民對吧。」大野

狼瞪著小豬。「歌蒂拉是有天份的作家，與其要去幫一個愚蠢自大狂把個人經驗寫成故事、而且還得勉勉強強用小說來包裝，她可是有重要的事情在等著她。」

小豬站了起來。「你只是把她當成你王國裡的一個小齒輪而已。你想利用她，然後在她做這些事的時候好好敲她一筆經紀費。但是假使她的小說根本賣不出去呢？」

「它會賣的，」大野狼說。「你那愚蠢的故事就難說了。我看最適合它的地方應該是《國家詢問報》（National Enquirer）[13] 吧。」

「《國家詢問報》？」小豬尖叫。「除非我死了！」

大野狼露出不懷好意的笑容。「可以來安排看看喔，小豬豬。」

「你們兩個，給我閉嘴！」歌蒂拉大吼。她伸出手指頭指向大野狼。「你不應該說出那種話。你得道歉才行。」

「抱歉囉。」大野狼看起來一點也沒有要道歉的意思。

「至於你……」歌蒂拉看著小豬。「你用各種方式羞辱我、貶低我，我是無論如何都不會想跟你一起合寫什麼的，這點絕不會改變！」

小豬的臉上很快地起了一連串的表情變化。震驚、生氣、受辱、狂怒。「很好，妳本來是有機會的。我現在要離開這裡。假使有任何人想得到這個和一隻高要求但心地寬厚的豬共事、而且報酬合理的絕佳機會，接下來的一個小時我會在咖啡館等你。」

牠大踏步走出教室，在地磚上留下一個個小小的黑色蹄印。

房間裡維持了幾秒鐘詭異的寧靜。

「呃，」寶寶熊說，「這世界什麼樣的人都有，小豬只是其中之一。現在呢，你們都清楚回家作業是什麼了嗎？」

所有學生都點點頭。

13 美國著名八卦小報。

寶寶熊直直看著大野狼。「你對牠是有些過份，你知道的。你實在應該⋯⋯就讓事情過去了。」

大野狼皺起眉頭。「牠在證人席上做了關於我的偽證，說我威脅牠的哥哥們。我生命有六年的時間就這樣被奪走了。隨便你，寶寶熊。你可以先試試看因為自己沒犯過的罪而在牢裡待上一陣子，然後再來跟我說怎麼樣讓事情過去。在此之前，一切免談。」

歌蒂拉試著去搞清楚這是怎麼一回事。大野狼因為小豬的證詞⋯⋯而被判有罪？牠被控殺害的對象是小豬的哥哥們嗎？

「不管怎麼說，」寶寶熊說，「我們已經討論過『長版概要』了，現在我想來談『角色設定集（character bibles）』。這是『雪花分形寫作法』的第七個步驟。在這之後，『雪花分形寫作法』還剩下三個步驟，我們得一路把這些都講完，因為明天下午研討會就要結束了。」

「老兄，我們都不會有像是休息，還是那一類的時間嗎？」第二排的年輕男子說。

寶寶熊看了看手錶。「我想會有，只是我們真的得繼續進行下去才行。大家可以先休息五分鐘，但是請不要閒晃。我們還有很多東西要講。」

歌蒂拉原本打算在休息時間找大野狼聊聊，但是大野狼對小豬爆發出來的怒氣讓她十分震驚，她覺得自己得再評估看看。她不想找一個難共事的經紀人，而大野狼顯然有牠黑暗的那一面。

12 你的角色設定集

要記住最重要的一件事，你對你的角色要有夠深刻的了解，
這樣才能真的設身處地站在他們的角度。

「假使你們看過清單上的問題，
你們會發現有些問題似乎對你們有用，有些則不然。
假使問題不適用於你的角色，那麼就跳過它。
假使有其它的問題可以幫助你更了解你的角色，
那麼就把它加進來。」

　　休息時間，歌蒂拉急忙到走廊另一頭的點心桌上拿了一根香蕉和一杯咖啡。她對配戴著弓與箭的年輕男子微微一笑。「你在寫哪一類的小說？」

　　他對歌蒂拉露出了自信的笑容。「一些小故事的合輯，內容是關於一群快活的亡命之徒，他們住在森林裡過著射射野鹿、喝喝啤酒、和小妞們調情、還有閃躲郡長的生活。」

　　「那麼，祝……」歌蒂拉瞥了他的名牌一眼，「呃，羅賓，寫作順利。你的故事聽起來很棒。」

　　他略表謙虛地聳聳肩。「妳的故事也很精彩。我希望寶寶熊可以讓妳再坐到前面的位子上。每回牠讓妳坐到前面去的時候，我都會學到很多關於寫作的事情。」他的眼神游移到歌蒂拉的胸部，臉上泛起輕浮的笑意。「而且我一看就覺得妳像是個愛找樂子的小妞。假使妳想到森林裡來晃晃……」

　　「噢，老天！」歌蒂拉指著自己的手錶。「你看時間。我們最好趕快回教室去了。」

　　當他們回到教室的時候，大野狼已經把自己蜷在教室後面的角落地板上，還發出輕微的鼾聲。

　　時間一到，寶寶熊拍拍教室前方的講桌。「『雪花分形寫作法』的第七步是要為你的每一個角色撰寫『角色設定集』。什麼方式最適合你，你就怎麼做。有些作者喜歡在網路上搜尋和他們的角色相像的圖片。假使這個作法可以幫助你把角色視覺化，那就去做。但是要記住最重要的一件事，你對你的角色要有夠深刻的了解，這樣才能真的設身處地站在他們的角度。」

　　寶寶熊把上頭寫了許多問題的紙張發下去。

　　羅賓看著他手上那張紙，竊笑起來。「我幹嘛要知道我的男主角他有什麼顏色的眼珠子啊？」

歌蒂拉不敢相信他竟然這麼無知。「那很重要好嗎！從眼珠子的顏色就可以得知關於這個角色的很多事情。」

羅賓哈哈大笑。「那妳可以看出關於我的哪些事？」

歌蒂拉仔細端詳他。「你的雙眼通紅、佈滿血絲。我猜你應該喝了非常多的啤酒，而且整晚不睡，都在跟那些騷包女人打情罵俏。」

「小妞們，」他說。「不是騷包女人，是小妞們。」

歌蒂拉不以為然。「還不是都一樣。」

寶寶熊清了清喉嚨。「你們兩個都漏了很重要的一點。有太多書裡的女主角在第一頁明明是藍眼珠，到了第九十九頁卻成了綠眼珠。『角色設定集』的目的之一，就是要讓你有個地方記錄關於每一個角色的小細節——好讓你不會犯那樣的錯。」

「有誰會這麼蠢？」歌蒂拉問。

「很難說。」寶寶熊說。

「為什麼會有人記不住這種事情呢？」

「在截稿日當天凌晨三點鐘、而妳正在做最後一次校稿確定作品完美無缺的時候，妳會很高興有個地方可以讓妳查找村裡的郵局女局長是在哪一年出生的。」

歌蒂拉不太高興。「你是有遇過這樣的事嗎？」

「每本書都遇到過，」寶寶熊說。「能花一分鐘搞定的事情，就別花十分鐘。」

「你的問題清單裡沒有問到我的女主角擦什麼顏色的指甲油，」歌蒂拉說。

「老天！」哈伯德太太說，「誰買得起指甲油啊？」

羅賓不以為然。「而且更重要的是，誰會擦指甲油啊？沒聽過這麼膚淺的問題。」

「指甲油很重要的！」歌蒂拉說。「它可以反映關於這個人物的很

多事情。」

羅賓語帶嘲笑。「不如告訴我那個傢伙喝什麼牌子的啤酒，然後我可以跟妳說他是條漢子、還是專抱諾丁罕（Nottingham）郡長大腿的馬屁精。這才是重要的事。」

「說到膚淺啊，」歌蒂拉說。

寶寶熊舉起熊掌。「安靜，各位！假使你們看過清單上的問題，你們會發現有些問題似乎對你們有用，有些則不然。假使問題不適用於你的角色，那麼就跳過它。假使有其它的問題可以幫助你更了解你的角色，那麼就把它加進來。」

「看起來有一堆工作要做。」羅賓說。

「是有很多工作，」寶寶熊說。「通常我會給我每一個主角留一整天的時間來做角色設定。但是時間寶貴，我建議我們讓歌蒂拉坐到前面來，然後問她一些關於她的角色的問題。」

教室裡開始出現興奮的騷動聲。

歌蒂拉走到教室前面，坐在那張受訪椅上。她知道接下來會有點辛苦，但她也知道這是個寶貴的機會。

寶寶熊打量了歌蒂拉一會兒。「妳的小說有部份情節是發生在伊莉絲的家裡。描述一下這個地方吧。」

她看著寶寶熊。「但是……所有房子不是都大同小異嗎？」

「就當作是妳在跟我說你家長什麼樣子吧，」寶寶熊說。

歌蒂拉眉頭一皺。「我確定就和其他人的家裡長得一模一樣。那是一間不錯的房子，蓋在六分之一英畝大小的地上，有三個房間。灰泥外牆，磚瓦屋頂，附有一間可以停兩輛車的車庫。窗戶是隔音窗——」

「那不是房子，是監牢，」羅賓說。「歌蒂拉，妳像是完全臣服在妳老公底下似的。」

「羅賓，說說你的房子吧，」寶寶熊說。

　　羅賓聳聳肩。「那是一個在雪伍德森林（Sherwood Forest）裡的洞穴，我和一群快活的弟兄們住在裡面。我們會去郡長的土地上偷獵野鹿，當我們把野鹿烤來吃的時候，可沒有窗戶會把燒烤冒出來的煙關住。沒有什麼人工的東西。我們啊，就像是正宗的梭羅（Thoreau）[14]。那真的是太美妙了！」

　　「你們的碗櫥是空的嗎？」哈伯德太太問。「我們家就是這樣，我覺得棒極了。」

　　羅賓漢搖搖頭。「我們沒有碗櫥這種東西，但是我們從來不缺炊煮的薪火。假使妳想要找點樂子的話，可以來找我們。然後帶妳家的小妞們一起來。」

　　哈伯德太太的臉頰泛起紅暈，她咯咯地笑了。「我會的，年輕人。我會帶我孫女瑪莉安（Marian）[15]一起去。我猜她會是你喜歡的那一型女孩。」她看向寶寶熊。「你的房子又是長什麼樣子的呢，年輕熊？」

　　寶寶熊什麼也沒說。

　　「我猜那是在林子深處、很簡樸的一間茅草小屋，」歌蒂拉說。「屋子裡有一張木頭桌子，桌子上擺了三碗燕麥粥。還有三把木頭椅子。然後樓上，有三張床——一張太硬、一張太軟、一張軟硬剛剛好。」

　　寶寶熊用好奇的眼神看著歌蒂拉。「妳怎麼會知道這些？」

　　歌蒂拉覺得臉頰開始發燙。「噢，我說對了嗎？我只是，你知道的，只是瞎猜啦。」

　　「妳的……想像力很豐富。」寶寶熊看起來好像還有什麼事情想說，但牠隨即搖搖頭。「所以我要妳把這樣的想像力運用在妳的角

14 亨利・大衛・梭羅（Henry David Thoreau，一八一七年—一八六二年），美國作家、詩人、哲學家、與廢奴主義者，重要著作《湖濱散記》（Walden；Or, Life in the Woods，一八五四年）詳述了他在華爾騰湖畔歷時兩年又兩個月的簡樸生活。
15 在《羅賓漢》的故事中，瑪莉安為羅賓漢的情人。

色——伊莉絲——身上。她的房子看起來怎麼樣？」

　　歌蒂拉很高興能把話題拉回來伊莉絲身上。「這個嘛，房子裡當然有三個房間、兩個浴室囉。樓上有間安靜的小書房，是伊莉絲寫小說的地方。一樓的廚房檯面鋪著漂亮的大理石，中央還有個大型的中島工作檯。」

　　哈伯德太太笑了出來。「親愛的，妳這是活在哪個星球啊？一九四〇年代沒有人家裡是那副德性的。」

　　「沒……有嗎？」歌蒂拉說。「那麼，我想伊莉絲她家或許會小一點。就兩個房間、一個浴室吧。」

　　哈伯德太太搖搖頭。「寶貝，妳應該要稍微做點研究。妳的角色生活在一九四四年法國的一個小村莊。妳確定他們的房子裡會有浴室？還有，起居間是去哪了？」

　　「起居間？」歌蒂拉說。「為什麼他們會有起居間，卻沒有浴室？」

　　「噢，天啊，這下妳有功課要做了，」老太太說。「妳需要去看看那個年代、那個地方的房子它們真實的照片，看看我還是少女的那個時候我們都是拿什麼來洗背的。」

　　教室門打開，一位攝影師走了進來。這名年輕男子看起來很有個性，穿得一身黑，鼻子上還掛著一個銀環。他提著一台又大又貴的相機，鏡頭對著寶寶熊。「大會總監說要拍一些你和你班上同學的照片。請你站到那位同學旁邊，然後擺出你正在指導她那一類的姿態。」

　　寶寶熊走過來，不太自然地站在歌蒂拉旁邊。即使歌蒂拉是坐著的，寶寶熊還是比她矮了一截。

　　「西瓜甜不甜，」歌蒂拉說。

　　「我要吃麥片，」寶寶熊說。

　　攝影師很快地連續拍了幾張照片。然後他繞著他們兩個轉，又從

各種角度拍了好些照片。

攝影師離開之後，寶寶熊抓抓頭。「我們剛講到哪裡了？啊，對，妳得去了解一下一九四四年法國小村的村民們都住些什麼樣的房子。」

「但是……為什麼需要呢？」歌蒂拉說。「我可以自己杜撰，不是嗎？反正是虛構的小說嘛。」

「別忘了車庫裡要有火箭車，」羅賓說。

歌蒂拉看著他。「誰會笨到在車庫裡放火箭車？根本沒人有火箭車好不好！火箭車還沒被發明出來呢。」

「就是這樣，」哈伯德太太說。

寶寶熊插進他們的談話。「你們兩位說得沒錯，羅賓和哈伯德太太。她是需要做一些研究。這很重要，因為會有很多活動在伊莉絲的家裡進行，而屋子裡的樣貌擺設會決定哪些活動是可行的。」

歌蒂拉開始有點了解了。「噢，因為假使我有個廚房裡的打鬥場景、而廚房並沒有中島工作檯，我就沒辦法讓他們把對方揍倒在中島上，或者讓他們繞著中島當掩護。」

「沒錯。」

「喔，老天！這要花上好多工夫啊！」歌蒂拉說。

「我們還不算真正開始呢，」寶寶熊說。「但或許我們應該找大野狼上台來，讓牠幫我們一起腦力激盪妳的……」

寶寶熊停了下來。他的目光掃視整間教室，臉上帶著怪異的表情。

歌蒂拉站起來，往教室後方的角落、也就是她早些時候看見大野狼在睡覺的地方望去。

大野狼消失了。

教室裡安靜了好一段時間。

然後一陣鳴笛聲從遠方傳來，忽高忽低，忽高忽低，而且愈來愈

大聲。

歌蒂拉感覺心臟在胸口噗通噗通地跳。

那聲音是救護車從遠處傳來的哀鳴。

,13 你的第三個災難

「這就是故事的作用，」大野狼說。
「故事教妳怎麼樣去做對的事。
當妳自己設身處地、化身為這些行事正義的角色時，
妳就會開始發展自己情感肌肉的記憶，
讓妳自己去做正確的事。」

大野狼用手指頭數著。
「之前已經有兩場災難了。現在這是第三場——我被控謀殺
——而妳決意要不計代價出面挺我。
妳現在有什麼樣的感覺？」
「害怕，」歌蒂拉說。「興奮。荒謬。
準備好要全心投入這場戰役，
並且大獲全勝。」

「所有人都留在座位上，」寶寶熊說。「我要去看看是什麼狀況。」
牠衝到門邊，把教室門打開。

救護車的鳴笛聲傳入教室裡。

寶寶熊很快地閃進走廊，教室門在牠身後被關上。

教室內開始一陣騷動。

歌蒂拉覺得自己腦袋打結了。

有人拍拍她的肩膀。是哈伯德太太。「親愛的，妳可以幫我跟那個
可愛的傢伙，大野狼，說幾句好話嗎？我在想，不知道是不是可以請
牠幫我看看我的初稿。」

歌蒂拉不知道該說什麼。「有誰看見大野狼離開教室的嗎？」

「我們都在看妳，」羅賓說。「歌蒂拉，妳啊，真是個令人感到驚
奇的小妞。」

警車的鳴笛聲從遠方傳來。

歌蒂拉覺得她快把早餐吐出來了。

教室門打開，寶寶熊蹣跚地走了進來。「我要告訴大家一個非常糟
糕的消息。咖啡館裡發生了一起⋯⋯命案。小豬死了。爸爸熊已經幫
忙逮補嫌犯了。」

「老兄，是誰幹的？」羅賓問。「我猜是大野狼，對吧？」

寶寶熊的眼淚撲簌簌地流了下來。「我真的⋯⋯不敢相信。我原本
很確定牠已經改過自新了。」

歌蒂拉倒抽了一口氣。「噢，我的天啊！」她整個人呆掉了。這不
是真的。她了解大野狼，牠是一隻非常善良的野狼。她很確定牠那些
語帶威脅的話都是玩笑話。

哈伯德太太開始輕聲啜泣。「那隻小豬是這麼好的一隻年輕豬。」

突然之間，所有學生都站了起來，紛紛往教室門口移動。

歌蒂拉也急忙跟著大家離開。

「等一下，各位！」寶寶熊大喊。「警察有話要問你們。」

但是沒人理會牠。

有人在歌蒂拉身後推擠她。

她被絆倒在地上。

強壯的熊掌抓住了歌蒂拉，把她拉到一旁，讓她免於被眾人匆忙的腳步踩踏。

很快地，教室裡只剩下歌蒂拉和寶寶熊。

「謝謝你救了我，」歌蒂拉說。

教室門打開，進來的是媽媽熊。「噢，這實在是太可怕了！我不敢相信竟然發生這種事。我就說你不應該讓那隻可怕的大野狼進來你的班上幫忙的，寶寶熊。你知道牠是哪種家庭出身的，更別說牠過去有什麼樣的前科了。現在你看看！」牠用力地扭絞著牠的熊掌，開始啜泣。

寶寶熊搖搖頭，一臉困惑不解。「我真搞不懂怎麼會發生這種事。大野狼明明在角落那邊打盹的啊。牠一定是趁我在和歌蒂拉對談的時候溜出去的。」

「噢，真是太可怕，太可怕了！」媽媽熊一邊大聲地吸著鼻涕，一邊用她的掌背抹著鼻子。「警察正在訊問大野狼。只要牠說出是你邀請牠來參加研討會的話，我們就毀了。」

歌蒂拉開始顫抖。「你覺得……十之八九是牠殺了小豬嗎？」

寶寶熊把牠的筆記型電腦放進背包裡。「爸爸熊是不會出錯的。假使牠逮補了大野狼，那麼……牠肯定有十足的把握大野狼是嫌犯。」

「但是你呢，你怎麼想？」歌蒂拉說。「牠真的會這麼做嗎？」

「我真的……不知道，」寶寶熊說。「牠是有教養的狼，但牠終究還是狼。兩年前牠被控告謀殺小豬的兩個哥哥，而且爸爸熊說牠抓到大野狼的時候，大野狼雙手沾滿了鮮血。所以應該是罪證確鑿。」

「管它證據不證據，」媽媽熊說。「你覺得呢？你心裡到底有沒有覺得牠就是兇手？」

寶寶熊的臉垮了下來。「或許吧，」牠的聲音很微弱。「我不願意這麼說，但沒錯，我想牠是兇手。牠又犯案了。」

歌蒂拉的手直往臉上搞。假使連寶寶熊都認為大野狼做了這件事，那麼……她也得面對事實。大野狼牠是有罪的。

大會總監走進教室。她身形矮胖，頂著一頭灰髮和一張嚴肅的面孔。「你們都得接受問訊。警察想知道你們在什麼時候看到了什麼。」

兩隻熊和歌蒂拉離開教室，沿著長長的走廊走到大門口。大樓外，幾輛警車開上了咖啡館附近的人行道以詭異的角度停著，藍紅相間的警示燈不住閃爍。咖啡館大門口和整個後方的露台都被黃色的「犯罪現場」膠帶（crime scene tape）給圍了起來。

歌蒂拉往前移動，想看看究竟是怎麼一回事。

有一大群人正聚集在那裡，眼睛一邊盯著現場看熱鬧，嘴巴一邊碎唸著。

爸爸熊被警察團團圍住，裡頭傳出了牠的聲音。「我已經說第六遍了。我進去買咖啡，然後從側門走去後面的露台。這時候我就看到小豬躺在水泥地上，已經被人家刺死了。到處都是血，屍體旁邊的泥巴地上還有野狼的腳印。我趕緊跑回研討會大樓，然後就在男廁裡看見大野狼正在清洗牠的爪子。」

兩名身形魁梧的警察領著大野狼走出了咖啡館。大野狼被上了手銬，還有另外兩名警察持槍走在牠身後。

大野狼的雙眼紅腫，牠的臉看起來因為恐懼而僵住了。

歌蒂拉覺得牠應該哭過。

「走開，你們，這裡沒什麼好看的，」其中一名警察說。他清出一條往警車的路，打開了後座車門。

大野狼一臉茫然，蹣跚而行。

一名警察把手按在大野狼頭上，將牠推進警車裡。接著兩名警察進入後車廂分坐在大野狼兩側，另外兩名則坐進前座。

警笛聲響起，警車開始在人群中前進。

「牠……我不認為牠做了那件事！」歌蒂拉說。「你有看到牠的臉嗎？」

「我看到了，」爸爸熊咆哮著說。「如果要說我看過野狼充滿罪惡感的表情，剛剛那就是了。」

媽媽熊靠過來，牠整個身體因為啜泣而晃動著。「這真是太可怕，太可怕了！一想到我們的兒子認識牠——我們完蛋了！」

寶寶熊對牠們皺起眉頭。「我們完蛋了？什麼跟什麼啊，是大野狼完蛋了。牠花了好大的力氣才建立起牠的客戶人脈，現在牠得回牢裡去了。二度被判謀殺罪，牠是別想再出來了。」

「但是……我們怎麼確定牠真的殺了人？」歌蒂拉說。

三隻熊同時盯著她。

歌蒂拉覺得自己很蠢，但她必須為自己的想法發聲。「萬一牠是無辜的呢？」她說。

爸爸熊搖搖頭。「歌蒂拉小姐，妳真的是太年輕、太天真了。如果有什麼事是千真萬確的，那就是大野狼殺了小豬。」

「噢，假如你沒有邀那隻可怕的大野狼來參加研討會就沒事了！」媽媽熊對著寶寶熊揮舞著牠的熊掌。

「喂，我又不知道牠會去殺了小豬，」寶寶熊忿怒地說。「我以為牠改過自新了。」

「牠是狼啊，兒子，」爸爸熊說。「狼是不會改變的。假如你是邪惡的，那麼你就會一輩子邪惡下去，沒有什麼能夠改變你的。」

牠說這句話的時候，眼睛一直看著歌蒂拉。

歌蒂拉心裡生起一陣強烈的罪惡感，她覺得自己要被看穿了。

「妳看起來很眼熟，」媽媽熊說。「我以前是不是在哪裡見過妳？」

歌蒂拉覺得整個身體都在發燙。「我……我前幾天有在妳那邊上過課——有機寫作那一堂。」

「啊。」媽媽熊看她的眼光轉為懷疑。「我敢發誓我一定在其它什麼地方見過妳，而且是很久以前。」

歌蒂拉很想找個地方躲起來，但是她已經躲藏了一輩子，她覺得累了。「我……我有件事要告訴你們。很多年前，我……我去樹林裡散步，走了很久。後來我走到一間小木屋，就進去屋子裡看一看。我那時候餓得不得了，所以我吃了一點東西。後來我弄壞了一張椅子，還在一張床上睡著了。」

「妳！」爸爸熊大吼。「妳這個罪犯！」

「我……我想要改過自新，」歌蒂拉說。「我想要賠償我當年所做的破壞。」

「我要把妳交給警察。」爸爸熊環顧四周，對著還在現場的警察揮手。

但似乎沒有任何警察注意到牠。

歌蒂拉覺得自己好像灌進了一大壺冰水似的。

「夠了，爸爸。」媽媽熊走上來，給了歌蒂拉一個毛茸茸的大擁抱。「她只是個小女孩，而且這麼多年來她都一直活在罪惡感裡。當然，如果她願意賠償那些損失的話，那就再好不過了。」

「或許她有個悲慘的童年，」寶寶熊說。「或許她那時候迷路了。或許她餓了。也或許她被熊嚇壞了。她會做出那些事情，原因可能有……有百百種。」

「哼！她早該被送進牢裡去的。」爸爸熊怒目瞪著歌蒂拉。

「對於我做的那些事，我覺得很抱歉，」歌蒂拉說。「我會賠償那些損失的。」

「這個……當然囉，我保留了所有修繕的收據，」爸爸熊說。「都在我辦公室的一個檔案夾裡。妳知道，拿來扣稅用的。有條細項就是為了『因犯罪活動而造成損失』所設的。」

「我……我真的覺得糟糕透了，」歌蒂拉說。

「別太在意，親愛的。」媽媽熊在她背上用力地拍著。「如果妳知道寶寶熊小時候做過哪些惡作劇——」

寶寶熊清清喉嚨。「歌蒂拉，假使妳真的不認為大野狼有罪，那麼我建議妳去探訪牠，聽聽牠怎麼說。畢竟就現在來看，只有妳覺得牠是無辜的。」

她點點頭。「當然。很抱歉，我要缺席你下午的課了。」

「今天下午不會上課，」媽媽熊說。「我已經跟大會總監談過了，他們會先取消今天下午的所有課程。警察需要跟每一個人談話，尤其是你，寶寶熊。」

爸爸熊仍然一臉不悅。「兒子，你該知道牠來自於什麼樣的家庭。牠身上帶著殺人的基因，流著殺人犯的血。這是不會改變的。」

歌蒂拉不相信牠說的。她知道人會改變；野狼當然也可以。

她得去探訪大野狼，聽聽看牠的說法是什麼。

當天下午，歌蒂拉去看大野狼。她得在地方看守所裡等上好一段時間。

一名擺著臭臉的女警先對她簡單搜了身，確定沒有攜帶武器之後，才讓她進入接見室。

　　歌蒂拉在一把很難坐的塑膠椅上坐了下來。椅子旁是一張看起來很廉價的貼皮長桌，正好把房間從中隔成兩半；桌面上橫亙著一堵高及天花板的玻璃牆。房間裡空蕩蕩的，聞起來有股臭襪子味和黴味。歌蒂拉等了十五分鐘，接見室的門才打開。

　　大野狼拖著腳走進來，眼睛直盯著地板；牠被上了手銬和腳鐐，身上套著橘色的囚衣，看起來憔悴極了。牠癱坐在椅子上，這時才抬起頭看向牠的訪客。「噢，是妳啊！」牠垂下了頭。「抱歉，我想妳一定認為我是個可怕的傢伙。」

　　歌蒂拉真想上前給牠一個擁抱。「我認為你是一隻很善良、很仁慈的大野狼。我想一定有哪裡出了大差錯；我不相信你殺了小豬。」

　　大野狼一下子挑高了眉毛。「妳不相信？」

　　「當然不相信。不會是你做的；你不是那種狼。」

　　「我沒有任何不在場證明能夠證明我沒有殺人。是什麼讓妳覺得我是無辜的？」

　　「因為你心地善良啊，」歌蒂拉說。「你很關心別人。你會幫助別人改善他們的寫作能力。我知道你雖然開了一些要吃小豬的玩笑，但那也只是玩笑罷了。所以告訴我，這究竟是怎麼一回事吧。」

　　「我原本正在睡覺，然後作了一個可怕的夢，」大野狼說。「有一隻小豬用很多不堪的字眼在批評我；哈伯德老媽在抱怨她的碗櫥裡什麼也沒有；還有某個一身羅賓漢打扮的白癡把下流當有趣，對年輕小妞們品頭論足。後來我醒了過來，就覺得自己得去上廁所。我早上喝了一大杯拿鐵，所以，呃……」

　　「我懂，我懂。」歌蒂拉一陣臉紅。

　　「寶寶熊讓妳坐上受訪椅講些有的沒的，於是我就悄悄從後門溜出去上廁所。我在洗手的時候爸爸熊衝了進來，牠一看到我，就大聲咆哮著一些可怕的事情，接著牠便把我摔到地上去。牠直接坐在我身

上，然後打電話叫警察。接下來我知道的事，就是警察來了。他們把我帶到咖啡館，然後繞到後面的露台。他們要我看著可憐的小豬，牠被刺死在後方的角落，倒在血泊當中。接著他們就開始對我大吼大叫。」

眼淚從大野狼的臉上撲簌簌地流下。「他們問我知不知道小豬發生了什麼事；問我知不知道是誰殺了牠。我想他們只是要試著在正式逮捕我、宣告我的權利之前，先讓我自白認罪吧。但是我沒有什麼好認罪的啊。於是他們就把我帶到這裡來，然後花了兩個小時審問我。」

「真是太慘了，」歌蒂拉說。

「班上有任何人看見我離開教室嗎？」大野狼問。「因為在那之後一、兩分鐘，爸爸熊就逮捕我了。」

歌蒂拉搖搖頭。「我沒看見，寶寶熊也沒看見。我想所有人都盯著前面的牠和我在看，不過我會再去問問其他人是不是有看見你離開教室。」

「所有的證據都對我不利。雖然是間接證據，但我沒有不在場證明，而且還有前科，我是完全沒機會了。沒有人相信我，就連我的律師也不相信我。」

「我相信你。」歌蒂拉站起來，身子盡可能往玻璃牆靠近。「一定有辦法可以證明你是無辜的，我會找到的。」

「妳確定妳真的要這麼做？」大野狼說。「這會毀了妳的名聲。大家會開始猜想，為什麼妳要站出來替我說話。大家會開始談論妳。他們或許會去挖出妳的過往，然後……」

「我不在乎別人怎麼想！」歌蒂拉說。「我要做我覺得是對的事，假使別人要用異樣的眼光看我，那是他們的問題。」

大野狼看著她。牠的眼睛裡閃爍著敬佩的光芒。「妳……妳變了，歌蒂拉。不過是幾天前，妳還在讓別人的看法左右妳的人生。」

「你最好是相信我已經改變了，而且是你幫助我改變的。當你拿槍射寶寶熊的時候，我下定決心沒有任何事情能阻止我成為一個作家。後來當小豬告訴我你會拒絕我的時候，我領悟到我得起身捍衛我自己的故事，即使我可能會失去和知名經紀人合作的機會。」

大野狼用手指頭數著。「之前已經有兩場災難了。現在這是第三場——我被控謀殺——而妳決意要不計代價出面挺我。妳現在有什麼樣的感覺？」

「害怕，」歌蒂拉說。「興奮。荒謬。準備好要全心投入這場戰役，並且大獲全勝。」

「記住這種感覺，」大野狼說。「把它牢牢記在心裡。這就是伊莉絲在面對她的第三場災難，也就是她要解救莫妮克、而德克受了重傷的那時候，她心裡一模一樣的感覺。她可以一走了之，但是她決定要幫忙炸掉彈藥庫，幫助這場戰爭獲勝。她讓自己投入一場可能快樂、可能悲傷、也或許悲喜交加的大結局。」

歌蒂拉開始顫抖。「伊莉絲的故事就像我的一樣，不是嗎？」

「這就是故事的作用，」大野狼說。「故事教妳怎麼樣去做對的事。當妳自己設身處地、化身為這些行事正義的角色時，妳就會開始發展自己情感肌肉的記憶，讓妳自己去做正確的事。」

一名警衛站到門邊，手指著歌蒂拉。「時間到！」

歌蒂拉起身走向房門，接著她轉身，送給大野狼一個飛吻。「我不會讓你失望的。」

牠擠出一個虛弱的笑容。「不論成功或失敗，妳已經贏了。」

警衛把歌蒂拉拽了出去，厚實的金屬門被砰地關上。

歌蒂拉沒有錯過大野狼臉上沉痛的表情。牠為她的挺身而出感到驕傲，但很顯然，牠認為她終將功敗垂成。

大野狼已經放棄希望了。

14 你的場景表

你的首要之務是要讓你的目標讀者關注你的故事主線，
然後他就會非常想了解你的背景故事。

寶寶熊說。「在試算表上為小說裡的每一個場景
各寫下一句話。
你可以從妳在『雪花分形寫作法』的第六個步驟
所創作的『長版概要』來下手。
聚焦在一小段時間──幾分鐘或幾小時
──之內發生的事件。
只要說明每一個場景中所發生的主要事件就好。」

那天晚上，在孩子們都上床睡覺之後，歌蒂拉熬夜思考著。是不是有什麼方法可以證明大野狼不可能是殺害小豬的兇手？

她開啟一份新的電腦文件，然後開始打字。

首先，她為大野狼寫了一份「人物表」。牠的目標，她已經知道了，就是要成為世界上最棒的作家經紀人。從這一點，她可以猜到牠的抱負；牠想成為文學世界中舉足輕重的角色。她不是很確定牠的價值觀，但她做了一些推測。

沒有什麼比生存更重要。

沒有什麼比榮譽更重要。

沒有什麼比幫助他人更重要。

她看不出殺害小豬會符合其中哪一項價值。

但是這沒辦法做為證據。這只是她思路混沌的小說家腦所作的情緒性判斷；她這樣和媽媽熊沒什麼兩樣。

爸爸熊看事情的眼光比較理性。牠會給大野狼的生命故事寫一份大綱。

歌蒂拉開始寫下大野狼生命歷程中一些事件的概要。

牠從小就知道自己的叔叔吃掉了小紅帽的奶奶。被誣陷犯下殺人罪。因為小豬做偽證而被判入獄服刑。在獄中不斷生活在被惡棍霸凌的恐懼裡。學到要夠強悍才能生存下去。終於等到假釋。回歸社會。決定要成為一名經紀人。參加作家研討會。協助寶寶熊一起授課。在咖啡館裡和小豬起了爭執。

歌蒂拉搖搖頭。她的概要裡寫的都是「行動」。這沒有設身處地站在大野狼的立場，而且一個事件跳過一個事件，根本看不出中間有什麼連結。

她開始覺得頭痛，而且夜已經深了，她這才突然想到她還沒做她的回家作業。她真想就這樣上床睡覺，忘記所有一切。但是她也極度

渴望能成為一名小說家，她想要完成她的小說，她想要大野狼成為她的經紀人。

她知道這聽起來很蠢，因為每個人都說大野狼是個殺人犯。但是她堅信在大野狼內在深處，有著一副美好、仁慈的心腸。今天，牠甚至在意她的名譽勝過牠自己的。

歌蒂拉覺得疲倦極了，但她還是打開了她的「雪花分形寫作法」檔案，把原來的「一頁概要」擴寫成四頁。接著她很快地完成主角們的「角色設定集」。

等到她搞定一切，已經過了凌晨三點，她的腦袋只剩一片空白。她拖著雙腳爬上床，立刻沉沉睡去。

早晨很快就到來。歌蒂拉胡亂抓了早餐，把孩子送到學校，然後趕往會議中心。她衝進教室的時候已經遲到了五分鐘。

寶寶熊對她皺起了眉頭。「很好，看來總算是所有人都到齊了。我們開始吧。但是首先，我想先說一下關於昨天發生的事。看起來我做了一個極為錯誤的判斷，我不該邀請大野狼來這場研討會協助我。我以為牠已經改過自新了，但是我大錯特錯。一想到我該對小豬的死負責，我真不知道這輩子要如何面對我自己。」

「你根本什麼都不知道！」歌蒂拉說。「大野狼說牠沒有做那件事。」

「嘿，老妹，他怎麼可能會承認啊，」羅賓漢說。「他當然會聲稱他什麼事都沒做。但是我們都很清楚牠之前殺過其他小豬。」

「牠以前是被陷害的，現在牠又被陷害了一次……」歌蒂拉倔強地說。

「噢，好像一切都很合邏輯似的。」羅賓漢不屑地說。

「我還以為你會比所有人都來得了解，」歌蒂拉說。「諾丁罕的郡長難道不曾指控你做了一些你根本沒做過的事？」

羅賓漢的嘴巴張得開開的。「一向如此。他啊，他就像個老大一樣，根本是壓迫老百姓的暴君。」

「那麼，萬一這個老大正在壓迫大野狼呢？這難道不可能發生嗎？」

羅賓漢看著她。「我……我猜是有可能啦。壓迫老百姓——這的確是老大會做的事。而小豬嘛，若真要問我的話，我會說牠是老大手下的秘密武器。我們有誰清楚牠的底細？」

寶寶熊開始來回走動。「小豬是非常有錢的商人。牠好幾年前和兩個哥哥一起創業，在牠們不幸被殺害之後，牠便掌控了所有的事業。小豬沒有小孩，但有一個姪子，這個紐約小伙子已經來到我們鎮上了，牠一直在要求要將大野狼判處死刑。」

「沒有任何目擊者嗎？」歌蒂拉說。「或許咖啡館裡有安裝監視攝影機？」

寶寶熊搖搖頭。「是有一架攝影機鏡頭對準了咖啡館後面的露台，但是壞掉了。會議中心這邊沒有連線，而且也沒有任何的目擊者。」

「大野狼說爸爸熊在男廁裡找到牠的時候，牠才剛離開這裡一、兩分鐘，」歌蒂拉說。「這樣的時間根本不夠殺害小豬。爸爸熊那時候在咖啡館；牠應該會看到大野狼才對。」

羅賓漢從他的箭筒裡抽出一支箭，箭尖輕輕敲著手指頭。「我們找不到大野狼何時離開的證據。都沒有人看見牠走出去嗎？」

教室裡的人紛紛搖頭。

「嗯，恐怕牠過去的前科也對牠不利，」哈伯德太太說。「如果是我來看的話，我會說江山易改、本性難移。」

　　寶寶熊盯著歌蒂拉看了好一會兒。「我……我猜並不是所有人都同意這個說法。但事實就是，即便不算罪證確鑿，任何法官都會因為牠是大野狼而判牠有罪的。我知道現在這麼做有些困難，但先讓我們回來討論寫作吧。有誰完成回家作業的嗎？」

　　哈伯德太太舉起了手。「我給我的主角寫了很長一篇角色設定，她是個貧窮但真誠的寡婦。我對她的碗櫥有非常精彩的描述。」

　　「我來猜猜看，」羅賓漢說。「這個碗櫥……是空的？」

　　「你真聰明！」哈伯德太太佩服地說。

　　「這是個很好的開始，」寶寶熊說。「其他角色呢？」

　　「什麼其他角色？」哈伯德太太問，「我只有一個角色。整個故事都在講她的碗櫥。」

　　「那妳有寫四頁概要嗎？」寶寶熊問。

　　哈伯德太太重重嘆了一口氣。「年輕熊，你實在是要求太多了。我已經把概要寫到一又四分之一頁；一個碗櫥頂多只能寫到這樣了。」

　　「或許妳要寫的是一個短篇故事，而不是一本長篇小說，」寶寶熊說。「有誰完成了所有主角的『角色設定集』和『四頁概要』？」

　　歌蒂拉舉手，然後她轉頭看看還有誰也同樣舉起了手。

　　沒有其他人舉手。

　　哈伯德太太驚訝地看著歌蒂拉。

　　羅賓漢則是用讚賞的眼神打量著歌蒂拉，他的目光從她的臉一路移動向下，到她的身體、修長的雙腿，然後再一路往上打量回來。他對她眨眨眼，然後微笑。

　　寶寶熊的臉色不太好看。「為什麼只有少數作家的小說得以出版是有原因的，你們需要更多自律的工夫。是很辛苦，但是假使你不這麼做，你就沒有專業可言。顯然全班只有一個人完成了應該做的工作，而她今天看起來很疲勞的樣子。我原本打算讓她休息一下的，但我似

乎沒有其他選擇了。歌蒂拉，請妳上來坐受訪椅吧。」

歌蒂拉上台的腳步有點蹣跚。她今天早上沒怎麼整理頭髮，恐怕連妝也化得亂七八糟。寶寶熊一定認為她看起來很不專業。

「我看看妳完成的作業。」寶寶熊指指她的筆記型電腦。

歌蒂拉把電腦擺在桌上。「我的文件檔案都已經打開了。」

寶寶熊很快地掃視過她的「角色設定集」和「長版概要」。「嗯，寫得不錯。概要的第三頁內容稍微薄弱了一點，我想妳得把第二幕的後半再強化一下。然後結尾的地方感覺很倉促。」

「真抱歉，」歌蒂拉輕聲地說。「我花了很大的力氣在想要怎麼樣幫大野狼，一直到午夜之後我才開始做作業。我熬夜到凌晨三點才寫完，寫出來的東西一定慘不忍睹，但是……」

「妳這些全都是午夜之後才寫的？」寶寶熊說。「真是……」

整間教室響起一片驚訝的讚嘆聲。

「太了不起了，」後排一個穿著眉環的女孩說。「歌蒂拉，妳在寫作這件事上真像個搖滾明星。」

「歌蒂拉她非常敬業，」寶寶熊說。「這也是我為什麼認為她很有機會能成功。以一份昨天晚上深夜完成的作業來說，這做得非常出色。其中有些地方還需要改善，但今天已經是研討會的最後一天，我們真的得加把勁了。所以我們來進行『雪花分形寫作法』的第八個步驟吧。我們需要她小說的『場景表』。」

歌蒂拉覺得她的頭又開始痛了。還有更多的工作要做？真的假的？她按摩自己的後頸，拱起兩側的肩膀。感覺一陣僵硬和痠痛。

「妳還好嗎，歌蒂拉？」寶寶熊問。

「我……我只是為大野狼的事感到很難受，」歌蒂拉說。「然後我覺得頭很痛、肩膀很痠，也不知道還得做多少工作才能開始寫我的小說。」

　　寶寶熊對她投以同情的眼光。「我懂。妳很累，妳也想趕快開始寫小說。但這樣行得通嗎？假使妳今天就開始寫小說，妳知道該怎麼給妳的第一個場景下筆嗎？」

　　「我不知道，」歌蒂拉語帶沮喪地說。「這一直都是我的問題。我不知道該怎麼樣給我小說的第一個字下筆。我想我是個很遜的作家吧。」她覺得萬分挫折，真想就此放棄回家。

　　「妳是一個很棒的作家，」寶寶熊說，「妳需要的只是些許指導，然後一切就會變得很明朗了。我們來談談妳要如何為妳的故事開頭。妳的男主角，德克，他會在降落到伊莉絲的花園時摔斷他的腿，對吧？」

　　「但是我不需要描寫德克接受突擊隊訓練的過程嗎？」歌蒂拉說。「和伊莉絲是如何成為寡婦的？還有亨利他的成長過程以及渴望受到別人尊敬這部份？」

　　「這些我們都稱為『背景故事』，」寶寶熊說。「這些是妳需要知道、好幫助妳了解故事角色們的重要資訊，但妳的讀者並不需要『現在』就知道。妳的首要之務是要讓妳的目標讀者關注妳的故事主線，然後她就會非常想了解妳的背景故事。妳的故事主線是從德克與伊莉絲相遇開始的。」

　　「那樣說來，伊莉絲是我最主要的主角，我的第一個場景不是應該從她開始嗎？」

　　「可以啊，」寶寶熊說。「那個場景會是什麼模樣？」

　　「她，呃，她把女兒莫妮克送上床，然後開始在檯燈下靜靜地打著毛線，後來她也上床睡覺了。到了凌晨三點左右，她因為聽到外頭的聲響而醒來，於是她起身到外頭去探看，看到的人就是德克。」

　　寶寶熊環視全班。「聽起來相當刺激啊，對吧？一如這名孤單的年輕寡婦生命中的任何一個寧靜的夜晚。你們有多少人覺得這讀起來

會很有趣？」

其他人都低頭看著自己的手，沒有人出聲。

寶寶熊轉向歌蒂拉。「或許妳的故事可以從莫妮克的場景開始。會不會比較好？」

歌蒂拉咯咯笑著說：「但是……莫妮克她只是玩她的娃娃直到睡覺時間，然後她上床一覺睡到天亮，醒來之後德克就在家裡了。那一點也不有趣啊。」

「這樣的話我們就不能從她開始了，對吧？」寶寶熊說。「那亨利呢？德克出現的那一晚他在做什麼？」

歌蒂拉發現她根本還沒思考亨利的部份。但是她知道她得這麼做，他是一個非常重要的角色。「他去向伊莉絲示愛。莫妮克要他陪她玩娃娃直到她上床睡覺。後來亨利坐在雙人沙發上聊著戰爭的事，伊莉絲則是坐在煤油燈下的搖椅上打毛線。亨利想要伊莉絲坐到他身邊來，但是她說她需要光線才能看得清楚。大約午夜左右，亨利帶著極度挫折的心情回家，他不知道伊莉絲到底喜不喜歡他。」

寶寶熊聳聳牠毛茸茸的肩膀。「不是太令人血脈賁張，對吧？」

歌蒂拉覺得肚子裡打了一個又冷又硬的結。她的小說原本看起來很精彩的，直到她要實際開始試著寫出她的第一個場景。現在這個故事看起來很無趣了。

「談談德克那一晚怎麼過的好了。」寶寶熊說。

歌蒂拉想了幾秒鐘。「那是一個寒冷的雨夜。他和其他突擊隊員穿上了全套黑衣、背好裝備，便上了飛機。他們飛得又快又高，希望能夠避開高射炮的射擊。就在他們快要抵達預定的跳傘區時，一架德國戰鬥機開始追擊他們。美國的駕駛員急速俯衝，努力試圖閃躲，但是德軍開火射中了他們的機翼，引擎也著火了。所有突擊隊員跑到機艙門邊準備棄機，這時隊長先把德克推出飛機外。而就在半秒之後，飛

機在德克的上方爆炸了，他眼睜睜地看著飛機零件和屍體在月光下散落。然後他掉進厚重的雲層當中。他一直在等待打開降落傘的適當時間，以免被地面上的炮火射擊。等他掉出雲層之外，這時他距離地面只有大約一千呎（譯註：約三百零五公尺）的高度了。他使勁一拉開傘索，降落傘又把他猛然地往上拉抬。他看見自己正飄向一道圍籬，他只能勉強控制讓自己的降落傘往一處空曠的花園而去。當時的光線很微弱，他誤判了降落的狀況，而讓右腿受到重創。他的腿骨折了，他也倒在地上，失去了意識。」

整間教室一片安靜。

歌蒂拉從她開始描述的時候就一直盯著她塗滿金色裝飾的指甲。現在她抬頭看著寶寶熊。

牠在微笑。

她看著全班同學。

他們全都注視著她。

「這太棒了，」寶寶熊說。「我認為妳已經有了一個殺手級的開場場景。一開始就有明確的目標，整段過程充滿了緊張氣氛，而且是以挫敗結尾。」

「我需要做什麼？」歌蒂拉說。

「在妳的筆記型電腦上開啟一個試算表，把第一欄的欄距拉寬，然後在裡頭打上這個場景當中會發生的事情，」寶寶熊說。

歌蒂拉打開一個試算表，開始打字。「這裡的空間不夠，我沒辦法把所有細節都寫進去。」

「妳有辦法把這個場景濃縮成一句話嗎？」寶寶熊說。

「當然。德克和他的突擊隊隊友們在接近跳傘區的時候被炮火擊中，然後他拙劣地降落在伊莉絲的花園裡還摔傷了腿。」

「這樣夠妳記住妳剛剛所說的所有內容嗎？」

「我很確定這樣可以喚起我的記憶，」歌蒂拉說。「那個場景是很難忘記的。」

「那麼妳就不需要再寫更多了，」寶寶熊說。「現在妳的作業是在試算表上為妳小說裡的每一個場景各寫下一句話。妳可以從妳在『雪花分形寫作法』的第六個步驟所創作的『長版概要』來下手。聚焦在一小段時間——幾分鐘或幾小時——之內發生的事件。只要說明每一個場景中所發生的主要事件就好。」

「這是大工程啊，」哈伯德太太說。「為什麼不直接開始寫就好？」

「如果妳想的話，妳是可以直接開始寫啊，」寶寶熊說。「但是假使妳不知道下筆要寫些什麼，『場景表』倒是可以幫妳找到答案。」

歌蒂拉一臉不悅地瞪著她的筆記型電腦。

「怎麼了？」寶寶熊問。

「沒什麼……只是我真的很討厭試算表，」歌蒂拉說。「這會讓我想起我過去那份糟糕的工作。為什麼不把這些寫在 Word 檔或純文字檔上呢？」

「這個問題很好，」寶寶熊說。「原因在於妳還會用上更多試算表裡的欄位。每一個場景都會有一個『視角人物（point-of-view character，POV character）』，這是妳在那一個場景當中要化身而成的人物。所以妳的試算表上會需要一個說明誰是『視角人物』的欄位。」

歌蒂拉在她的試算表上開了新的一欄，並且在這一欄的第一列打上了「德克」。「還會有其它欄位嗎？」

「看妳決定，」寶寶熊說。「妳或許會希望有一欄告訴妳每一個場景妳希望有幾個字。一個短場景或許只有五百個字，中場景或許是一千字，而長場景可能會有兩、三千字。」

「我為什麼要在意這些啊？」歌蒂拉問。

「因為這樣妳就可以加總這些數字，然後評估妳的小說大概會有多長了。」

歌蒂拉用不可置信的眼神看著牠。「不會吧！我最討厭加總數字了。而且萬一我去更改了其中的數字呢？這樣我不是就得全部重新加總一遍了。」

寶寶熊嘆了一口氣。

「加總數字對試算表來說正是有如雞毛蒜皮般的諸多小事之一。妳只管下指令，而且假使妳之後更改了任何一個數字，試算表也會自動重新加總。所以妳隨時可以知道妳的小說大概會有多長。」

「這真是太……了不起了！」歌蒂拉說。「你真是天才，寶寶熊。」

寶寶熊看著地板，一臉不太好意思。「試算表好用的地方就在於妳能任意加入其它欄位，好幫助妳規劃妳的場景和追蹤工作進度。妳也可以記錄自己花了多少時間寫這個場景，或者妳實際上給這個場景寫了多少字。還有，假使妳的故事情節很縝密，時間點的影響重大，比方像是銀行搶案、或者是謀殺疑案，妳或許還會需要一個『時間戳記』的欄位。」

「什麼是『時間戳記』？」哈伯德太太問。

「這是指這個場景發生當下的時間。當時間分秒別具意義、而妳也希望確定妳的故事時間軸夠真實可信的時候，妳可以將每一個場景的時間戳記記錄在欄位裡。推理作家們寫小說時通常會有個時間軸，好讓所有一切發展得合情合理。」

歌蒂拉覺得她的心跳開始加速。她跳下受訪椅，抓起她的皮包就往教室外面跑。

「歌蒂拉，回來！」寶寶熊在她身後大喊。

但歌蒂拉的腳步沒有停下來。

寶寶熊給了她一個點子。

說不定有個方法可以證明大野狼究竟是在撒謊或是在說實話。

15 目標、衝突、挫敗

歌蒂拉突然意識到自己沒想清楚。
爸爸熊是在牠發現小豬死亡之後才逮捕大野狼的；
兇殺發生之後的時間戳記一點用也沒有。
她搖搖頭。「真抱歉，我太蠢了，我以為……」

歌蒂拉一邊在走廊上奔跑，一邊胡亂翻找著她的研討會活動行程表。她掃視了今天的課程，並且找到她要的資訊。爸爸熊正在 102B 教室進行童話故事的工作坊教學。

她衝進教室裡，大口喘著氣，一臉漲紅。

爸爸熊不高興地看著她。「歌蒂拉小姐，妳這是什麼意思……」

「你的手機！」她說。「上面有你昨天打電話給警察那時候的時間戳記嗎？」

「肯定是有的，但是……」

「拜託，我需要看一下！」她說。「我覺得這或許可以證明大野狼是無辜的。」

爸爸熊搖搖頭。「牠一點也不無辜；我可是親自行使了公民逮捕。牠那時候正在清洗牠的雙手——說不定是想要把血跡給洗掉。」

「你有在水槽裡看見任何血跡嗎？」

爸爸熊想了一下。「沒有……」

「那你有在牠的毛皮上看見任何血跡嗎？」

牠停頓了好一會兒。「沒有……」

「拜託，你能不能讓我看一下你的手機上是幾點打電話給警察的？」

爸爸熊嘆了一口氣。「妳真是個非常執著的女孩。」牠拿出了手機，然後花了幾秒鐘的時間在螢幕上點擊。「有了。我在九點四十三分的時候打了這通電話。但是我看不出來這對妳而言有什麼意義。」

「這樣我們就有一個時間戳記了，」歌蒂拉說。「假使這個時間是在小豬被殺害之前……」

爸爸熊看著她。

歌蒂拉突然意識到自己沒想清楚。爸爸熊是在牠發現小豬死亡之後才逮捕大野狼的；兇殺發生之後的時間戳記一點用也沒有。她搖搖

頭。「真抱歉，我太蠢了，我以為……」

爸爸熊班上的一名年輕女性向坐在她身旁稍有年紀的女士耳語一番，然後兩個人都對著歌蒂拉吃吃竊笑。

歌蒂拉糗到真想一頭撞死，但這幫不了大野狼，她得繼續努力才行。「可不可以告訴我你在咖啡館發現小豬被殺死的確切時間？」

爸爸熊又粗又濃的眉毛糾結在一起。終於，牠開始在牠的皮夾裡翻找。「這對妳大概也沒什麼用，不過我有一張在我發現小豬之前買咖啡拿到的收據。這是公務支出，而且……有了，在這裡。」

歌蒂拉仔細地研究了這張收據。「你在早上九點三十五分的時候買了咖啡，那是你在男廁逮捕大野狼之前八分鐘的事。你買了咖啡之後還做了什麼呢？」

爸爸熊聳聳肩。「我一從側門走出露台就看見小豬倒在血泊裡。我趕緊回到咖啡館內，要服務人員打電話叫救護車。然後我跑回外頭，確認小豬還有沒有生命跡象，牠顯然是已經死了，在牠旁邊的泥巴地上有一些狼腳印。接著我從籬笆那裡的拱門離開露台，四處看看有沒有可疑的殺人兇手。停車場裡完全沒人。於是我回到露台，然後在心裡頭問我自己——假使我雙掌沾滿了鮮血，我會去哪裡。」

「你有看到其他腳印嗎？」歌蒂拉說。

爸爸熊搖搖頭。「只有在屍體旁邊的一小塊爛泥地上有小豬自己的腳印。不過我有個直覺，於是我回去大樓裡查看了男廁。果然大野狼在那裡洗牠的爪子。我當下就行使了公民逮捕，然後立刻叫了警察。」

「所以這一切都是在八分鐘之內發生的，」歌蒂拉說。「而小豬在九點三十五分、也就是你買咖啡的時候，已經死亡了？」

「我很確定，」爸爸熊說。「我拿著咖啡直接往露台去，當時牠就倒在那裡了。」

歌蒂拉點點頭。她得到的資訊很有限，但畢竟是條有用的線索。

爸爸熊看了看牠的手錶。

歌蒂拉懂爸爸熊的暗示,於是她說了聲「謝謝」,便回到走廊上。她覺得萬分沮喪。當寶寶熊提到「時間戳記」的時候,她覺得這個點子給了她很多靈感,但是現在她不知道自己還能如何繼續下去。

「一切順利嗎?」羅賓漢從走廊另一頭喊著。

歌蒂拉搖搖頭。她不曉得接下來該怎麼做。她答應大野狼要幫助牠的,但是目前為止,除了把自己弄得像個豬頭之外,她還沒有任何進展。

「要一起去喝杯咖啡嗎?」當她走到羅賓漢面前的時候他說。「因為妳啊,真是個令人驚奇萬分的小妞,而且……」

「別煩我!」歌蒂拉大吼。「也不要再叫我『小妞』了。現在已經沒有人會這樣稱呼女性,這聽起來很粗俗又無禮。」

羅賓漢看起來一臉震驚。「真的嗎?很抱歉……」

「不必抱歉,你只要……再成熟一點。」歌蒂拉用她最快的速度走過羅賓漢身旁。她在走廊上邁著大步,經過演講大廳和寶寶熊的教室。

走廊盡頭有塊門牌上面寫著:「大會總監」。

歌蒂拉不知道總監能告訴她些什麼,不過總是值得一試。她打開房間門,走了進去。

裡頭空無一人。辦公室的空間不大,三張灰色金屬辦公桌靠著遠處的牆擺放,好幾台電腦在桌上嗡嗡運轉著。

在第三張桌子的桌面中間,有一台看起來很昂貴的數位相機。

歌蒂拉覺得心頭被重重敲了兩下。

她拿起相機,開始研究。

接著,她聽見門廊相通的隔壁辦公室傳來了聲響。

歌蒂拉嚇了一跳,她拿起相機塞進自己的皮包,急忙跑出了辦公室。

走廊上沒有其他人影,但是她聽見背後從總監辦公室裡傳出了聲

音。

歌蒂拉開始奔跑。

她一路跑出長廊，回到早晨明亮的陽光下。

她繼續跑，一直跑到咖啡館。咖啡館裡有人，於是她閃避到後面的露台，找個遠處角落一把大陽傘下的陰影處坐了下來，再小心翼翼地把她的皮包放在桌上。她環顧四周，這裡還算是安靜又隱密。高高的圍籬可以幫她擋住會議中心裡人們的視線。

歌蒂拉拿出了相機，打開電源，開始一張張檢視著相片。

最近的是大野狼被推上警車的相片。往前一點是爸爸熊的照片。媽媽熊和寶寶熊看著警察的照片。還有幾張是她自己的。

歌蒂拉皺起眉頭。她的髮型被風吹得亂七八糟，她當時真該處理一下的……

「妳在做什麼？」一個聲音傳來。

歌蒂拉抬頭一看，差點沒昏倒。

一隻年輕豬站在那裡——長得和小豬非常相像，只是稍微小隻了一點。牠穿著高級的運動夾克，但是沒有打領帶、穿長褲什麼的。

「噢！」歌蒂拉說。「你……你是誰？」

「我是小小豬（Tiny Pig）。我叔叔昨天在這裡被殺害了，所以我今天早上搭飛機到這裡來，打算要找出真相。」

「對於你失去親人這件事我感到很遺憾，」歌蒂拉說。「你叔叔和我上同一堂寫作課，所以我還算認識牠。我也在找尋真相，希望我這會兒可以說我找到答案了。」

小小豬挑起了眉毛。「真，真的嗎？妳發現了什麼？」

歌蒂拉拿起相機。「我……呃，跟大會攝影師借了這台相機。他昨天拍了一些照片，我想，我希望可以從裡頭找到一些線索。」

「我可以和妳一起找嗎？」小小豬的下巴顫抖著。「我叔叔是我唯

一在世的親人，我們很親。」

歌蒂拉拉了一把椅子到她身旁。「坐下來吧，我們可以一起看。」

小小豬坐在她旁邊。牠全身上下彷彿因為緊張的精力而顫抖著。

歌蒂拉只能想像牠心中糟糕的感受。她繼續翻看著照片。裡頭有一些是警車的照片，在它們抵達之後拍的。

接下來是在寶寶熊的教室裡，歌蒂拉和寶寶熊擺出笑臉互望對方的照片。

歌蒂拉覺得自己的呼吸開始有點急促。她快速地切換著照片，找著、找著……

有了！

攝影師拍了一張可以看見大部份教室的照片。

在遠處的角落裡，大野狼被拍得清清楚楚，牠睡得正熟。

「上面的時間戳記是九點三十九分！」歌蒂拉說。「這就可以證明了！」

小小豬盯著螢幕。「證明什麼？」

「這張照片是在爸爸熊發現你叔叔被殺害的四分鐘後拍的，」歌蒂拉說。「這就可以證明大野狼並沒有謀殺牠。真是天大的好消息！」

小小豬跳了起來。「噢，天啊！」牠用右蹄按住胸口，臉色轉為蒼白而沮喪。「大野狼……牠不是兇手嗎？」

「沒錯！我們找到證據了！」歌蒂拉說。「我們得去告訴大會總監才行。這表示兇手仍然逍遙法外，我們說不定有危險，尤其是你。」

小小豬的下巴抖動著，牠似乎有點呼吸困難。「噢，天啊！小姐，我頭好暈，妳能幫幫我嗎？」

「我來叫救護車。」歌蒂拉把手伸進皮包裡拿手機。

「妳敢！」小小豬從夾克胸口的口袋裡掏出一支小型針筒，指向歌蒂拉。

16 反應、困境、決定

小小豬靠得更近了。

歌蒂拉試著打電話報警，但是手機卻從她無力的手上滑落。

小小豬再往前一步。

歌蒂拉緊緊抓住她的皮包，她覺得自己隨時都會暈過去。

小小豬又更靠近了一步。

歌蒂拉把手伸進皮包裡，拿起她的防狼胡椒噴罐。

她的手指頭就像香腸一樣笨拙。

小小豬衝向她。

歌蒂拉用力按壓噴罐。

一陣胡椒薄霧噴向小小豬的眼睛。

歌蒂拉跳了起來，立刻把皮包抓在胸口當作防護。她心跳加速到自己都覺得痛了。腎上腺素在她全身流竄，她急促地喘著氣，全身上下直發冷。她很想跑，但是她的雙腳卻僵在原地不聽使喚。她拚命地找尋可以繞過小小豬通往拱門的路徑，她要從那裡才能離開這個院子。

小小豬移動牠的位置好擋住歌蒂拉的去路，然後牠往歌蒂拉的方向踏了一步，針頭就正對著歌蒂拉。「這一點都不會痛的，小姐。」牠又走了一步。

歌蒂拉看到自己已經被困在露台的角落了。她後退再後退，拚命試著屏住自己的呼吸。她想要大叫，但是卻一個字也喊不出來。

小小豬靠得更近了。

歌蒂拉試著打電話報警，但是手機卻從她無力的手上滑落。

小小豬再往前一步。

歌蒂拉緊緊抓住她的皮包，她覺得自己隨時都會暈過去。

小小豬又更靠近了一步。

歌蒂拉把手伸進皮包裡，拿起她的防狼胡椒噴罐。她的手指頭就像香腸一樣笨拙。

小小豬衝向她。

歌蒂拉用力按壓噴罐。

一陣胡椒薄霧噴向小小豬的眼睛。

牠倒在地上，一邊憤怒地嚎叫、一邊用雙蹄抹著眼睛。

突然，歌蒂拉又能順利呼吸了。她大口吸進空氣，然後拚命喊叫。

小小豬擦了擦眼睛。沒想到，牠手上竟然還拿著針筒。它睜著半瞎的雙眼，開始往歌蒂拉的方向爬。

歌蒂拉再次大叫。

羅賓漢的身影出現在圍籬的拱門前。「聽起來有小妞受苦了……」

「牠是兇手！」歌蒂拉指著小小豬。「快想辦法！」

　　小小豬使勁讓自己靠近歌蒂拉，拿起針筒就往歌蒂拉的腿上亂戳一陣。

　　羅賓漢火速取出一支箭，把箭搭上了弦。「不要動，你這隻豬！」他吼著。「你要是敢動一條肌肉，你就等著成為雪伍德森林今晚的烤豬吧。」

　　小小豬一動也不動。

　　歌蒂拉閃過小小豬身邊，撿起她的手機，打電話報警。

　　電話響了兩聲，接著⋯⋯

　　有一個聲音說，「請問有什麼緊急情況？」

　　「我⋯⋯我需要請警察來現場一趟，」歌蒂拉說。「我想我找到殺害小豬的真正兇手了。」

17 規劃你的場景

「主動式場景」分為：
（一）目標
（二）衝突
（三）挫敗

「反應式場景」分為：
（一）反應
（二）困境
（三）決定

整個早上就像一場混仗。警察來了，並且逮捕了小小豬。歌蒂拉開車去看守所，等待大野狼被釋放出來。時間拖延了好一會兒，但警方總算是讓牠離開了。歌蒂拉把大野狼帶回會議中心的時候剛好趕上午餐時間。當歌蒂拉和大野狼一走進自助餐廳，全場立刻響起如雷的掌聲。

午餐後，他們走回教室，上寶寶熊「雪花分形寫作法」的最後一堂課。途中，大野狼接到一通電話。

歌蒂拉聽不見打電話來的對方說了些什麼，但是大野狼一直回應著：「好的，那太棒了。」而且牠笑得愈來愈開心。就在他們走到教室前，牠剛好把電話掛上。

「那通電話說了什麼嗎？」歌蒂拉問。

大野狼的眼睛閃爍著喜悅的光芒。「小小豬認罪了。而且還不只……」

「太棒啦！」歌蒂拉興奮地放聲尖叫，立刻伸出雙臂圈住大野狼，給牠一個大大的擁抱。

寶寶熊打開教室門。「進來吧，你們兩個！恭喜你啊，大野狼。也恭喜妳，歌蒂拉。妳今天早上展現了無比的勇氣。其他人都放棄大野狼的時候，妳聽從了妳的直覺。」

「真是了不起的小妞，」羅賓漢說。

歌蒂拉太開心了，就算被叫小妞她也不在意。

大野狼臉上掛著大大的微笑。「妳讓我重新找回對人的信任，」牠說。

「我只是……有個直覺，」歌蒂拉說。「當寶寶熊提到時間戳記的時候，我突然想到，或許我有機會能找出一些證據。」

「但是……親愛的，一開始的時候，妳為什麼會想要去找證據呢？」哈伯德太太說。「警方通常不太會出錯的。」

「哈！」羅賓漢說。「諾丁罕郡長就只會出錯。」

「我只是……」歌蒂拉覺得很可笑。「我只是心裡覺得大野狼不是會殺害小豬的那種人。」

大野狼不好意思地低下頭。「謝謝妳相信我。我剛才聽我的律師說了，事實證明，小小豬有很充份的動機去殺害小豬。牠原本就是個富二代，等牠一成年，牠便繼承了牠爸爸——也就是小豬牠哥哥——的所有遺產。但是現在牠已經把這些錢都花得差不多了。」

「所以牠還想從小豬這裡拿更多？」寶寶熊說。

大野狼搖搖頭。「牠是想要錢沒錯，所以牠兩個禮拜前打電話給小豬，想跟牠討份輕鬆的工作。小豬狠狠地拒絕了牠，還說了一些話讓小小豬開始有些想法。小小豬作了點調查，調查之後，牠就決定要拿到一些用錢買不到的東西。」

歌蒂拉恍然大悟。「你不是殺害小豬哥哥們的兇手，這就表示兇手另有其人，而這個人會因為牠們的消失從中得利。小小豬牠找出了這個人是誰，還有牠是怎麼做的。」

「是小豬！」羅賓漢叫了出來。

「沒錯，」大野狼說。「在小豬的事業版圖裡，牠還同時身兼一間藥廠的執行長。小小豬的針筒裡有藥效非常強的鎮靜劑——劑量足以殺死妳，歌蒂拉。也足以迷昏小豬再殺死牠，然後把一切佈置成像是野狼幹的好事一樣。」

「這也足以讓一隻狼昏睡上一整天，好讓牠在被控謀殺的時候提不出當天的不在場證明，是嗎？」歌蒂拉說。

大野狼的臉上洋溢著笑容。「我的律師說小小豬手上有證據證明小豬確實就是這麼做的。小小豬會把證據交給警方，作為認罪協商的一部份。律師還說我的罪名會被平反，名譽也可以恢復了。這都要感謝妳，金髮妹。」

寶寶熊興奮地跳上跳下。「大野狼，這下你要讓歌蒂拉成為你的委託人了吧？」

大野狼想了好一會兒。「我很樂意。我們已經成為朋友了，這對我來說很重要，因為我只和我喜歡的人共事。但我也只和優秀的作家共事，所以在我作出決定之前，我還得先看看她的作品初稿夠不夠出色才行。寫作是一門事業，就算是我的朋友也沒得商量。」

歌蒂拉開心到想大叫。「我……我也希望你只有在認為我的作品會大賣的時候才作出決定。我不想和靠感情行事的作家經紀人合作。雖然我還沒把我的小說寫出來，但是……我會的。」

「妳已經準備好要開始寫小說了嗎？」寶寶熊說。

「我……算是吧。」歌蒂拉多麼想說「是」。但事實上，她還搞不太清楚狀況。她隱約知道她的第一個場景會發生些什麼事，但她不確定這是不是一個好的場景。她覺得自己好像還少了什麼。

寶寶熊認真地看著她。「妳好像有點猶豫啊。或許我們應該來談談『雪花分形寫作法』的第九個步驟，關於妳在動筆寫作前要怎麼樣規劃每一個場景。」

歌蒂拉感到一陣興奮。「第九個步驟是什麼？」

寶寶熊指著受訪椅。「最好的學習方式是從做中學。」

歌蒂拉坐了下來。

羅賓漢迅速地拿出他的手機，替歌蒂拉拍了張照片。他看了照片後，便把手機遞給歌蒂拉。「妳毫無疑問是個令人驚奇的小妞，但是妳或許會想要找把梳子還是什麼的把自己整理一下。」

歌蒂拉盯著照片。她的頭髮簡直是一團亂。她的臉頰上沾到了一些泥巴，上衣的領口也有一點血漬。

但是她不以為意。

她把手機交還給羅賓漢。「那不重要。重要的是妳寫作寫得有多

好，而不是妳的外貌。寶寶熊，請告訴我第九步驟要做什麼吧。」

「漂亮，」剛剛站到教室一旁去的大野狼眉開眼笑地說。「金髮妹，我開始覺得妳身上帶有點狼性了。」

「在妳開始寫任何一個場景之前，先作計畫是會有幫助的，」寶寶熊說。「場景通常有兩種標準模式。一種模式稱為『主動式場景（proactive scene）』，從『目標』開始，接下來以『衝突』貫穿場景，然後以『挫敗』結尾。」

大野狼走到白板前，寫下：

「主動式場景」分為：

（一）目標

（二）衝突

（三）挫敗

寶寶熊繼續說。「另外一種模式稱為『反應式場景（reactive scene）』。從對於前一個場景發生的『挫敗』所產生的『情緒性反應』開始，然後場景中大部份的時間都在分析接下來該怎麼做的『困境』。這樣的場景會以『作出決定』告終。」

大野狼寫下：

「反應式場景」分為：

（一） 反應

（二） 困境

（三） 決定

「親愛的，我被弄糊塗了，」哈伯德太太說。「可以跟我們舉一些例子嗎？」

寶寶熊想了一分鐘。「今天早上歌蒂拉從這裡跑了出去，她為什麼要這麼做？」

「老兄，她想要去找出小豬被殺害之前和之後的一些時間戳記啊，」羅賓漢說。

歌蒂拉點點頭。「我的『目標』是要找出時間戳記。」

寶寶熊微微一笑。「很保守的目標，但也容易達成。這是她的墊腳石，好讓她通往更大的目標，也就是幫助大野狼洗清罪名。但是它後來變成一個相當困難的目標，對吧？」

「很糟糕，」歌蒂拉說。「我找爸爸熊幫忙，但是牠不想理我，所以我一直纏著牠要牠讓我看了牠手機上的時間戳記。但後來發現那其實沒什麼用。」

「啊，這下妳遇上『衝突』了，然後妳就放棄，還痛哭了一場，」寶寶熊說。「對吧？」

「我才沒有！」歌蒂拉激動地說。「後來我就問爸爸熊是不是有保

留著咖啡館的收據，牠找到了，那就是我需要的第一個部份的證據。」

「但是接下來妳就不知道該怎麼做了，」寶寶熊說。「出現更多的衝突。所以妳就哭了，我說的沒錯吧？」

「老兄，你啊，怎麼老愛哭來哭去的，」羅賓漢說。「而且你錯啦，她剛好遇到我，對著我一陣大吼大叫之後，就像個決意要上戰場的小妞般大踏步離開了。她真的是太帥了。」

「後來發生了什麼事？」寶寶熊說。

「我……呃，我在大會總監的辦公室裡找到攝影師的相機。但是那時候我聽見有聲音傳來……」

「又是『衝突』，」寶寶熊說。

「然後我就借拿了那台相機，趕快跑到咖啡館的露台那邊躲起來。後來小小豬出現了，接著我們就找到了大野狼沒有殺害小豬的證據。」

「老兄！」羅賓漢得意洋洋地對著寶寶熊說。「那可不是『挫敗』。雖然我並不想戳破你，但是那明明像是個帥到不行的勝利啊。歌蒂拉找到了她要找的時間戳記。她達成目標了。你最好再重新思考一下你的理論吧。」

歌蒂拉開始發抖。「但是後來小小豬拿出了牠的針筒，打算殺掉我。」

「『挫敗』，」寶寶熊臉上掛著沾沾自喜的微笑。

「目標／衝突／挫敗。」大野狼檢視著白板上的每一個字。「我想這裡我們有個說法叫做『你中招了』。」

「然後我就出場拯救了這一切，」羅賓漢說。

「別搶快，」寶寶熊說。「在你出場之前還有其它事情發生呢。我們現在已經走完一個完整的『主動式場景』，但是故事還沒結束。接下來發生了什麼事，歌蒂拉？妳做了什麼？」

歌蒂拉記得她是怎麼樣僵在那裡好幾秒的。「我……我什麼也沒

做。我嚇壞了，根本沒辦法動，沒辦法思考，甚至連叫都叫不出來。我猜那時我大概就是個無腦的金髮妹吧。」

　　大野狼走到她身後，捏捏她的肩膀。「妳的反應和大多數人類第一次遇到戰鬥時的反應一模一樣。大家都是『要嘛打（fight）、要嘛逃（flight）』，好像只能有兩個選項似的，其實還有第三個選項——『不動（freeze）』。是『要嘛打、要嘛逃、要嘛動不了』。妳的反應很自然，沒什麼好覺得丟臉的。至少妳沒有像有些人類一樣一直呆住不動。而原因是因為妳最近已經學會要如何去做一些勇敢的事。當緊要關頭來臨時，在妳的情志裡妳還留有一些勇氣。」

　　「重點是妳的第一個行動並不是一個『行動』，」寶寶熊說。「那是一個『反應』，是對於前一個場景裡極度危險的『挫敗』所產生的情緒反應。熊、小豬、大野狼、人類——我們全都有情緒。害怕、高興、焦慮、喜愛、憤怒。我們沒辦法克制我們自己。我們不是機器人。我們有感覺。」

　　「呃，真的很可怕，」歌蒂拉說。「我在找看看是不是有辦法繞過小小豬。」

　　「妳遇到『困境』了，所以妳開始思考第一個選項，」寶寶熊說。

　　「但是牠移動自己擋住我的去路，我看牠已經把我擋死了，所以我只好往後退。」

　　「妳的第一個選項失敗了，所以妳只好試試第二個選項。」

　　「然後我退回角落，再也沒有退路了。所以我試著要拿手機出來打。」

　　「妳的第二個選項失敗了，所以妳只好試試第三個選項。」

　　「但是我掉了手機，然後這時候我想起了我的胡椒噴罐。」

　　「妳的第三個選項失敗了，然後妳想到了第四個選項。」

　　「我知道這會有用，所以我……」

「『決定』！」寶寶熊說。「在思考過三個無效的選項之後，妳在第四個選項上作出了決定。」

「可不可以先讓我說完啊？」歌蒂拉說。「所以我就伸手到皮包裡，握住胡椒噴罐，然後拿出來往牠眼睛猛噴。」

「這個『決定』成了一個簡短的『反應式場景』的結尾，」寶寶熊說。「它也成為緊接在後的下一個『主動式場景』的目標。」

歌蒂拉看出了端倪。「你的意思是說，『主動式』和『反應式』場景就會像這樣環環相扣在一起是嗎？」

「沒錯，」寶寶熊說。「現在我們來替妳的小說想想第一個場景。德克跳傘降落在伊莉絲的花園，然後傷了他的腿。這個場景的『目標』是什麼？」

「他要降落在法國敵軍陣營的後方，然後藏匿一整個晚上。」

「一切都進行得很順利，是嗎？」

歌蒂拉搖搖頭。「不，他們先是閃躲過高射砲的攻擊。接著追來了德軍的飛機，開火擊中了他們。飛機的引擎著火，德克跳出機艙，但是其他突擊隊員都在飛機爆炸時喪命了。」

「這是『衝突』，」寶寶熊說。「足夠這場景寫上好幾頁了，非常慷慨激昂的一段。那麼結尾的時候，德克有達成他的目標嗎？」

「沒有！他摔斷了他的腿，而且還昏過去了，」歌蒂拉說。

「老兄！我會說那就是『挫敗』，」羅賓漢說。「嘿，你那什麼理論的還真有點用。」

「衝擊，」寶寶熊說。「這就是妳的第一個場景，歌蒂拉。妳現在能寫出第一個場景了嗎？」

「假使我做點筆記的話，應該沒問題。」歌蒂拉在她的筆記型電腦上開啟了新的文件檔案，然後很快速地給她的目標、衝突、和挫敗各打了一個句子。「哇！挺容易的嘛。我們可以進行下一個場景了嗎？」

「接下來會發生什麼事？」寶寶熊說。

「伊莉絲聽到一些聲響，於是她出門查看，然後發現了德克。」

「所以伊莉絲是妳的『視角人物』，對吧？」

歌蒂拉點點頭，打上了「伊莉絲」。

「她在聽見聲響的當下有什麼感覺？」

「嗯……好奇。有點緊張。或許她擔心是不是莫妮克作了什麼惡夢。」

「這裡沒有太多的反應，」寶寶熊說。「或許這裡不應該是一個『反應式場景』。」

歌蒂拉感覺不妙。「啊呀！我的故事是不是有什麼問題？」

寶寶熊搖搖頭。「並不是所有的情緒反應都值得拿來做為『反應式場景』，大多數的專業小說家對於『主動式場景』的著墨都比『反應式場景』來得多。我們就假設這裡跳過『反應式場景』，直接進入『主動式場景』好了。她的『目標』是什麼？」

「去找出那是什麼聲響。」

「很好。把它寫下來，」寶寶熊說。

歌蒂拉照著做。「所以她的『衝突』就是──她去查看了莫妮克，莫妮克安然無恙；然後她到屋子前頭去看是不是樹倒了，什麼事都沒有發生；接著她到後院去……竟然有個男人躺在她的花園裡！而這個男人口中還用英文喃喃地不知說著些什麼。」

「那是妳的『挫敗』，」寶寶熊。「然後伊莉絲的感覺呢？」

「她嚇壞了，」歌蒂拉說。「她立刻意識到他是一名美國突擊隊的隊員。她知道自己得把他交給執政當局，因為假使有人發現她庇護納粹的敵人，她是會被槍斃的。」

寶寶熊看著她。「但是……？」

「但是她不能這麼做！他會被殺的。他正在努力使她的國家重獲

自由，她怎麼能這樣把他交出去？而且⋯⋯」歌蒂拉一陣臉紅。「他長得很帥。因為發現他很帥所以想救他，伊莉絲這樣是不是很膚淺？」

大野狼開心大笑。「金髮妹，這沒什麼好丟臉。你們人類表現得好像交配這種本能是很反常還是怎樣的。伊莉絲注意到德克帥氣的外表，這一點也不膚淺。她想的可深了——深入直達她的狼性大腦啊。」

哈伯德太太對牠垮下了臉。「什麼狼性大腦，鬼扯！肖年狼，假使你在那邊胡謅一些愚蠢的演化論歪理的話⋯⋯」

「安靜！」寶寶熊說。「各位，我們不要離題好嗎。伊莉絲遇到『困境』了。把德克交出去違背了伊莉絲各方面的直覺，包括在人性面、愛國心、和外表的吸引上。但是庇護德克又會違背她求生存和保護她的幼獸，呃，她女兒的直覺。」

歌蒂拉飛快地打著字。「然後是她的『決定』——她決定要照顧他、藏匿他，但是在這麼危險的情況下，她要如何辦到呢？」

「伊莉絲的『價值』是什麼？」寶寶熊說。「她有好幾個價值——她相信比任何事都來得重要的價值。但是這些價值彼此之間也有衝突。它們沒辦法同時成為對她來說最重要的一件事。她得作出『決定』，哪一個價值對她而言才是最重要的。這就是『決定』的意義——它們會展現我們真正的信仰。」

「沒有什麼比憐憫心更重要，」歌蒂拉說。「那是她的『價值』。沒錯，伊莉絲害怕死亡，也害怕陷莫妮克於險境，但是她更害怕自己變成像亨利那樣的人——和納粹同流合污去傷害好人。」

寶寶熊露出笑容。「我想妳已經讓好幾個場景有血有肉了，一個簡短的『主動式場景』，然後是一個『反應式場景』，兩個都是從伊莉絲的視角出發。」

歌蒂拉將她所寫的文字看過一遍。內容很粗略，還有很多可以說的，不過這樣已經夠了。

　「我很不想當那個宣布壞消息的傢伙，」羅賓漢說。「但是我們這堂課呢，好像只剩下五分鐘就要下課了。『雪花分形寫作法』不是還有一個步驟得教嗎？運氣真背啊，寶寶熊，看來你是教不完了。」

　歌蒂拉看向時鐘。

　羅賓漢他錯了。距離下課時間只剩下三分鐘。她一直在占用時間，而現在，眼看小豬是沒辦法完成牠的工作坊教學了。

18
開始寫你的小說

「雪花分形寫作法」第十步驟
為你的小說寫下第一句話。
持續寫作場景，直到你把小說寫完。

寶寶熊對著全班微微一笑。「現在我們要進行『雪花分形寫作法』的第十個步驟了。這個步驟需要你花上最多的時間完成,但解釋起來卻最快。」

牠走到白板旁寫下:

「雪花分形寫作法」第十步驟

(一) 為你的小說寫下第一句話。

(二) 持續寫作場景, 直到你把小說寫完。

牠轉身面向全班。「假使你完成了第八步驟,那麼你的小說就有完整的『場景表』了。假使你完成了第九步驟,那麼你已經規劃好每個場景,而且也因為這些不是『主動式場景』就是『反應式場景』,所以你事先就清楚知道這些場景會推著你的故事不斷發展。現在你已經準備好要寫你的小說了。那麼就開始吧。」

鐘面上,分針正好走到時針的上頭。

走廊上響起了鐘聲。

全班爆出一陣歡呼。

歌蒂拉衝向寶寶熊,然後張開雙臂給牠一個大大的擁抱。她擁抱了大野狼。她擁抱了哈伯德太太。她甚至擁抱了羅賓漢,即便他聞起來滿身酒味。

「了不起的小妞,」他說。「我是指妹子!不是小妞,是妹子。」

所有人都開始交談了。

大野狼用牠毛茸茸的狼爪拍了拍歌蒂拉的肩膀。「這個嘛，金髮妹，接下來就看妳的。妳已經不同於前幾天走進教室的那個女孩了。準備好開始寫妳的小說了嗎？」

「我完全準備好了，」歌蒂拉說。「我等不及要動筆了。」

那天晚上當孩子們都上床睡覺之後，歌蒂拉坐在她的電腦前面，用文書處理軟體開啟了小說的檔案，然後檢視了目前為止她所寫的東西。上頭只打了一個字。「這」。

歌蒂拉把這個字刪掉。

接著便開始瘋狂地打字。

德克·斯第爾一手抓著硬梆梆的金屬座椅，另一手拉緊降落傘的安全帶。飛機像頭騎牛競賽場上的公牛般，時而向上、時而向下地跳躍飛行著。「我們離跳傘區還有多遠？」

跳傘長才剛對著一個小紙袋裡猛吐了一番。「大概再五分鐘，假使……」

一陣高射炮炮火在飛機外爆炸，距離近到德克感覺像是有把槌子直接狠狠敲在他的耳膜上一樣。

機尾槍手咒罵著：「德國佬從後頭追上來了！」

飛機往地面俯衝，瘋狂地搖晃閃躲著。

達達的機關槍聲不斷從他們後方傳來。

「快到了！」駕駛員大喊。「準備好……」

有東西猛然撞上了飛機的右翼。

可怕的爆炸震動了整架飛機。

「跳出去！」跳傘長奮力爬到邊門旁，用力把門推開。「德克，出去——快，快，快！」

德克從門邊往下跳，心中祈禱著他的降落傘能正常運作。

冰冷的氣流有如巨大的拳頭般衝擊著他，讓他像顆陀螺一樣轉啊轉的。

一架德國戰鬥機快速飛過，機關槍不斷地掃射。

一道如閃電般的火光。

一聲如轟雷般的爆炸。

一陣如水泥車駛過般的震波。

有幾秒鐘的時間，德克完全沒辦法呼吸。

他張開雙眼，回頭看看還有誰跳出了飛機外。

在他掉進雲層之前，他最後看到的是……

一片空白。

恐懼像把榔頭般襲來。

飛機消失了。

夜空裡什麼也沒有。

其他九名突擊隊員，跳傘長，機尾槍手，駕駛員，副駕駛員，全都死了。

他獨自一人，在法國上方一萬呎的高空，正像顆大石頭般往駐有五十萬德軍的地區直直掉落。

德克感覺到綁在他胸前那個帆布袋裡的炸藥。要想炸掉任務目標，只有這些炸藥是不夠的。

這個任務才剛開始執行一個小時，眼看它已經失敗了。

歌蒂拉打完字，看看手錶。十八分鐘，她已經打完三百一十四個字了。

　　她跳了起來，開始繞著小圈圈手舞足蹈。寶寶熊的「雪花分形寫作法」真是太好用了。

,19 雪花分形寫作法摘要

「雪花步驟一：寫出「一句話摘要」

步驟二：寫出「一段摘要」

步驟三：為每個人物寫一份「人物摘要表」

步驟四：寫下你的「一頁概要」

步驟五：為每個人物寫一份「人物概要」

步驟六：寫一份長版的四頁概要

步驟七：為每個角色寫一份「角色設定集」

步驟八：為所有場景寫下「場景表」

步驟九：為每個場景寫一個計畫

步驟十：開始寫你的小說

以下是「雪花分形寫作法」的十個步驟。

這些步驟的主要目的是要幫助你寫出第一版的初稿。（當你在編輯你的故事時，你或許也會發現——這些步驟在幫助你重新架構故事、和深化角色時可以派得上用場，不過那是次要的目的了。）

假使你發現有些步驟對你來說沒有用，那就不要做；你很快就會知道哪些步驟對你來說最有價值。假使你發現了其他對你有價值的步驟，那就把它加進清單裡來。你的目標是要寫出一份強而有力的初稿。這些步驟是幫助你達成這個目標的指南——它們並不是牢不可破的規則。

在完成每一個步驟之後，你可以「回頭檢視」之前所做的步驟，修改你的內容。愈早做修改愈好。「雪花分形寫作法」的威力就在於它能幫助你儘早進行許多修改。

要事為先

在你開始進行任何步驟之前，你應該要知道你寫的小說屬於哪一個類別，也應該要知道你的「目標觀眾」是誰。做為一個小說家，你的目標應該是要取悅你的「目標觀眾」。

定義你的「目標觀眾」，意思是要清楚明白地決定你想要寫哪一種故事；然後你的「目標觀眾」就是會被這種故事所取悅的那一個族群。你自己或許就會在你的「目標觀眾」群當中。假使你不是，或許將觀眾當中的某個典型人物視覺化會對你有所幫助。

寫下這些問題的答案：

我的小說類別屬於：

我想要寫的是這一類的故事：

這一類的故事可以取悅我的觀眾，因為：

步驟一：寫出「一句話摘要」

給自己一個小時的時間，寫出一個可以概述你的小說的句子。可以的話，讓句子的長度少於二十五個字。把句子聚焦在一、兩個主要人物上，陳述他們的故事目標。不要透露結局。

「一句話摘要」是你用來激起好奇心的行銷工具。愈短愈好，因為你會想要記住這個句子。如此一來，當有人問起你的故事在說什麼的時候，你就可以連想都不用想便侃侃而談。

「一句話摘要」的目的在於幫助人們立刻知道他們是否是你的「目標觀眾」。

如果他們是，那麼他們會說：「再多告訴我一點！」

如果他們不是，那麼他們會說：「啊，你看這時間！」然後改變話題。

你的「一句話摘要」也提供你的書迷們一個簡單的方式，好讓他們向朋友們介紹你的書。所以這是你進行口碑宣傳時的一個關鍵要素。

步驟二：寫出「一段摘要」

給自己一個小時的時間，把你的「一句話摘要」擴寫成由五個句子所構成的一個完整段落，組織的方式如下：

（一）說明故事的設定與背景，並且介紹一、兩個主要角色。

（二）概述第一幕，並且以你的第一個災難做為結尾。這個災難會

迫使你的主角必須投入這個故事當中。

（三）概述第二幕的前半段，並且以你的第二個災難做為結尾。這個災難會讓你的主角將他的思維從錯誤的「道德前提」改變至正確的「道德前提」，也因此，你的主角在故事的後半段會以全新的方式思考與行動。

（四）概述第二幕的後半段，並且以你的第三個災難做為結尾。這個災難會讓你的主角（和反派，如果有的話）投入故事的結局。

（五）概述第三幕，在第三幕中，故事將會被引導至主角成敗關鍵的最後關頭。然後你可以決定故事要以圓滿喜劇、悲劇、或悲喜參半的結局來收尾。

「一段摘要」的目的在於確保你的故事有一個四平八穩的「三幕劇結構」，也就是有三個大災難和一個明確的「道德前提」。

你會讓你的經紀人和編輯看到你的「一段摘要」，但是不要讓你的潛在讀者看到！你的經紀人和編輯需要你告訴他們你的故事如何終結，但是你的讀者們會希望你帶給他們驚喜。

步驟三：為每個人物寫一份「人物摘要表」

為每一個重要人物各花上一個小時的時間製作一份「人物摘要表」，說明他們的特質。以下是你需要知道的幾件事：

角色：（男主角、女主角、反派、導師、夥伴、朋友，等等）
姓名：人物的姓名
目標：這名人物在故事當中的明確目標
抱負：這名人物的抽象抱負

價值：寫下以「沒有什麼比……來得更重要」為結構的幾個句子

衝突：是什麼原因讓這名人物無法達成他的目標？

領悟：這名人物在故事最後會學到什麼？

一句話摘要：關於這名人物個人故事的「一句話摘要」。（你的小說是主角的個人故事；而其他所有角色都是他們自己個人故事裡的主角。）

一段摘要：為這名人物的個人故事寫下「三幕式結構」的「一段摘要」。

你會發現這不見得適用於你所有的故事人物。往往，反派角色不會有什麼領悟；有些人物則是太無足輕重，而沒有為他寫「一句話摘要」或「一段摘要」的必要。不必覺得非要為所有人物填寫摘要表的完整內容。

步驟四：寫下你的「一頁概要」

給自己一個小時的時間，把你的「一段摘要」擴寫成一頁。你可以把那個段落裡的每一個句子擴寫成一個段落。

如果稍微超過一頁也沒有關係。這個「一頁概要」完全是為了你自己的好處而寫，你不需要把它拿給任何人看。「一頁概要」的目的是要幫助你開始為你的故事填進一些細節。

人們有時候會問，「一頁概要」的段落格式應該要採用單行間距（single-spaced）還是兩倍行高（double-spaced）。

這個概要是為你自己而寫，所以請採用單行間距。這樣的話大概會有五百字（譯註：此處以英文書寫計算），正是適中的長度。假使你考量可讀性而設定為兩倍行高，那麼你的概要長度或許會超過一頁。不過反正不會有人為你的頁數評分，所以不必在意。

步驟五：為每個人物寫一份「人物概要」

為每個人物留一個小時的時間，寫下他們在主要故事的角色外、屬於自己的背景故事。通常半頁到一頁差不多是適中的長度。說明這些人物為什麼會表現出這樣的言行、他們想要什麼樣的生活、還有任何你覺得有趣的事。說明他們會如何融入這個故事。

這些「人物概要」是為你自己而寫的。它們會幫助你去同理每一個人物。多關注一下你的反派人物，因為他往往會被貶低。試著設身處地站在他的立場思考。

假使這部份你做得很好，或許有一天你可以把它們做成提案。編輯們就愛這個！編輯們喜歡出色的小說，而出色的小說建構在強而有力的人物上。

很少有作家會把「人物概要」放進他們的提案當中。這麼做會有點丟臉，因為這些「人物概要」通常會比提案必備的故事情節概要來得有趣得多。

步驟六：寫一份長版的四頁概要

給自己兩個小時的時間，把你的「一頁概要」擴寫成四到五頁的「長版概要」。你可以將「一頁概要」的每一個段落擴寫成一頁。

這個四頁概要單純是為了你自己而寫。你不需要拿給任何人看。「長版概要」的目的是要幫助你為你的故事充實細節。

人們常常會問到這個「長版概要」和你必須放在提案裡的概要有什麼關連性。提案裡的概要應該要稍微短一點——大約是最少兩頁、最多四頁左右。

我建議你先寫你的四頁概要，然後再把它修短成你的提案概要。的確，這會多費點工夫，但是這些概要都各有其特殊的目的。

步驟七：為每個角色寫一份「角色設定集」

為每個角色各花上幾個小時的時間製作一份「角色設定集」，好讓你深入掌握他們。你會把關於角色們的所有細節都存放在這裡。我的「角色設定集」裡通常會包括以下這些事項：

生理資訊：姓名，年齡，生日，身高，體重，族裔，髮色和眼睛顏色，身型描述，以及穿著風格。

個性資訊：幽默感，人格類型，宗教，政黨傾向，嗜好，最喜歡的音樂、書籍、和電影，最喜歡的顏色，以及皮夾或皮包裡會放置的物品。

環境資訊：住家的描述，教育背景，工作經驗，家庭，最要好的朋友，男性朋友，女性朋友，以及敵人。

心理資訊：最美好與最糟糕的童年回憶，可以描述個人特色的一句話，最強和最弱的人格特質，內心的矛盾，最大的期望與最深的恐懼，生活哲學，他如何看待自己，別人如何看待他。

假使你在網路上搜尋的話，可以看到有許多長串的問題列表可以用來幫助你寫出你的「角色設定集」。沒有哪一個列表是完美的，但它們可以讓你看看「角色設定集」裡應該有哪些項目。

在下一章裡，你會看到我為歌蒂拉和本書其他角色創作「角色設定集」時所使用的問題。

為你的人物們找張看起來相似的真人照片或許會對你有所幫助。

你還可以再做得更深入一點。你會想知道故事人物的家族史，家人的宗教信仰，他們的政治傾向，他們的哲學，和他們的人格類型。

當然，每個人物都有無數雞毛蒜皮的問題可問。有作者便堅持你應該要知道每個人物他們喜愛的冰淇淋口味是什麼。如果這樣的問題

對你和你的「目標觀眾」來說有意義,那麼就把它寫下來。沒有意義的話,大可不必管它。

步驟八:為所有場景寫下「場景表」

花個幾天的時間為你的小說的每個場景製作一份「場景表」。

場景是小說的基本單位。每個場景都發生於一個特定的地點與時間,並包括了某些角色。

每個場景都需要有「衝突」。假使某個場景當中缺乏衝突,那麼這個場景就沒有盡到它的本份,你需要加進衝突或者刪掉這個場景。不要置入單純「製造氣氛」、或「說明背景」、或「展現某個人物的動機」這樣的場景。「衝突」是讓故事得以進行的燃料。

我推薦你使用試算表來製作你的「場景表」。試算表上的每一列都代表了一個場景。

其中一個欄位用以說明這個場景的「視角人物」是誰;另外一個較寬的欄位則用來摘要這個場景裡所發生的事。你也可以新增一些欄位,例如時間戳記、預計字數、或其它任何事項。想把試算表做得複雜一點、或簡單一點,隨你高興。

有些作家會使用 3×5 大小的卡片,將一個場景寫在一張卡片上。這也是個有用的方法,但是試算表自有它的好處。

不論你用的是什麼樣的方法,做就是了。「場景表」會幫助你一窺故事的大概,而且你也可以視需要調整場景的先後順序。

步驟九:為每個場景寫一個計畫

為每個場景各花個五分鐘,快速記下一些可以幫助你寫作的重要資訊。你或許會想要列一個會在這個場景出場的人物表,或許會想要描述一下環境設定。假使你為這個場景設計了一些精彩的對白,你也

可以把它記在這個地方。

我強烈推薦你去分析場景內發生的「衝突」——它是屬於「主動式場景」還是「反應式場景」？

「主動式場景」的結構如下：
（一）目標
（二）衝突
（三）挫敗

「反應式場景」的結構如下：
（一）反應
（二）困境
（三）決定

場景沒有所謂的標準長度。一百字或五百字都可以是一個場景。我自己的懸疑小說每個場景平均大概是一千字左右，差不多是四張Ａ４紙。節奏較快的小說場景會比較短；而節奏較慢的小說場景就會比較長了。你可以選擇適合你的場景長度。

步驟十：開始寫你的小說
現在你已經規劃好一個結構完整的故事了。這個故事有個引人入勝的開頭；有四平八穩的「三幕劇結構」；有幾個深刻、積極主動的角色；有完整的「場景表」，而且每個場景都有驅動故事發展的強烈衝突。

到這裡，你已經想寫你的小說想到拚命流口水了。

就寫吧。

在寫作「場景表」上的每一個場景時，先讀一讀你為這個場景所做的計畫，然後開始動筆。

作為一個「雪花分形寫作法」的寫作者，寫小說的樂趣就在於──把你已知會是一個很精彩的故事寫成一份小說的初稿。

結論

請記住，並不是所有人都是「雪花分形寫作法」的寫作者，這沒有關係。有些人就是得靠直覺來寫作；有些人必須先寫出大綱；有些人則是自有其它的創意效法對象。

重要的是，你有找到最適合你的方法，好讓你可以寫出小說的初稿。

如果其中只有幾個部份適合你，那麼就只管開開心心地使用它們。

如果這個方法對你完全不奏效，那麼就只管開開心心地去找其它方法來使用。

「雪花分形寫作法」不過是一種在寫小說上最適合我的寫作法。假使你可以利用它引導你的創意，寫出一個強而有力的故事，那麼我會開心到不行。

我一開始是在我自己的網站上張貼關於「雪花分形寫作法」的文章，那是在二〇〇三年的年初。這些年來，那個頁面被瀏覽了超過三百九十萬次。有無數作家告訴我，他們覺得這個方法很有幫助。我猜全世界大概有好幾萬名使用「雪花分形寫作法」的小說家吧。

不論你使用什麼樣的方法，我都為你的寫作事業致上最深的祝福。

好好享受其中的樂趣吧！

20 本書的雪花分形寫作

我使用了「雪花分形寫作法」來設計這本書的故事。

　　我使用了「雪花分形寫作法」來設計這本書的故事。在這一章裡，我會展示我的設計。你會發現這裡的「雪花分形寫作」和故事定稿的內容不完全相同。這沒有關係。「雪花分形寫作法」的重點在於把書寫出來。你的故事會在寫作的過程中不斷演進。別被你自己的設計給綁住了。

　　在創作這一章的時候，我是先用我的 Snowflake Pro 軟體寫作，然後再把它匯出成一個 Word 文件。我把它調整成適合書本的格式，並且在最後編輯的時候做了一點修改。因為這個故事很短，我跳過了「長版概要」的步驟，這部份似乎顯得太累贅了。依你的書本的需求調整「雪花分形寫作法」的應用是很重要的一件事。

書籍資訊
書名：如何利用雪花分形寫作法寫小說
類型：商業寓言
目標長度：四萬字（英文）
目標觀眾：想要寫小說卻不知道該如何下手的小說作家

作者資訊
姓名：蘭迪・英格曼森

步驟一：一句話摘要
　　一名年輕女性懷抱著不切實際的小說夢，但是她很害怕別人不喜歡她的作品。

步驟二：一段摘要
　　歌蒂拉一直想要寫一部小說，但是家裡的每個人都告訴她這個夢

想「不切實際」，所以她將夢想擱在一旁，直到她的孩子去上學。她開始在一個寫作研討會上聽課，寶寶熊邀她試試看「雪花分形寫作法」，但接著牠就被大野狼無情地一槍射倒在地上。歌蒂拉開始使用「雪花分形寫作法」，然而當她創作出一個有同情心的反派角色後，小豬卻說她毀了自己的故事。她和大野狼共進午餐，並且很快地發現牠是一個外表強悍的好人。她很希望大野狼能成為她的經紀人，但是後來牠就因為殺害小豬而被逮捕了。歌蒂拉找到足以證明大野狼清白的證據。真正的兇手試著要殺掉她，但是她用胡椒噴罐制服了牠，大野狼也重獲自由。

步驟三：人物表

歌蒂拉

角色：女主角／反派（她是她自己最大的敵人）

價值：

沒有什麼比做你所愛來得更重要。

沒有什麼比確認別人對你的觀感良好來得更重要。

沒有什麼比做對的事來得更重要。

抱負：成為出色的小說家。

目標：寫出小說的初稿。

衝突：她不知道該如何下手，因為她害怕自己不是一個好的小說家，而且一直擔心別人對她的看法讓她過得很辛苦。

領悟：她學到要相信自己身為一個說故事的人的直覺。

一句話摘要：一名年輕女性懷抱著不切實際的小說夢，但是她很害怕別人不喜歡她的作品。

一段摘要：歌蒂拉一直想要寫一部小說，但是家裡的每個人都告訴她這個夢想「不切實際」，所以她將夢想擱在一旁，直到她的孩子去

上學。她開始在一個寫作研討會上聽課，寶寶熊邀她試試看「雪花分形寫作法」，但接著牠就被大野狼無情地一槍射倒在地上。歌蒂拉開始使用「雪花分形寫作法」，然而當她創作出一個有同情心的反派角色後，小豬卻說她毀了自己的故事。她和大野狼共進午餐，並且很快地發現牠是一個外表強悍的好人。她很希望大野狼能成為她的經紀人，但是後來牠就因為殺害小豬而被逮捕了。歌蒂拉找到足以證明大野狼清白的證據。真正的兇手試著要殺掉她，但是她用胡椒噴罐制服了牠，大野狼也重獲自由。

寶寶熊

角色：導師

價值：

沒有什麼比事實來得更重要。

沒有什麼比好好寫作來得更重要。

沒有什麼比培養天才來得更重要。

抱負：成為世界上最棒的小說老師。

目標：教導歌蒂拉如何在寫作前先為她的小說做好計畫。

衝突：歌蒂拉總是無端地害怕自己沒有成為作家的天份。

領悟：〈領悟尚未被定義〉

一句話摘要：一隻年輕熊必須為一班想要成為作家的學生教授一門如何成為專業小說家的課程，但是牠最有天份的學生對自己的寫作缺乏自信，而且牠的經紀人朋友不斷地讓人想與牠保持距離。

一段摘要：寶寶熊邀請牠的朋友大野狼來寫作研討會上助牠一臂之力。歌蒂拉的表現很好，看起來也很有天份，但是她和大野狼起了口角。等他們之間的衝突解決之後，寶寶熊要歌蒂拉調整她的反派角色，但是後來小豬幾乎說服了歌蒂拉，讓她相信自己大錯特錯。就在

歌蒂拉開始對自己有些自信的時候，大野狼殺害了小豬；雖然註定會失敗，但歌蒂拉挺身而出要證明大野狼的無辜。然而歌蒂拉是對的，大野狼確實是清白的，這證明了寶寶熊對他們兩個人的判斷正確無誤。

大野狼

角色：導師

價值：

沒有什麼比生命中有所成就來得更重要。

沒有什麼比忠於自己來得更重要。

沒有什麼比非暴力的方式來得更重要。

沒有什麼比名譽來得更重要。

抱負：成為世界上最傑出的作家經紀人。

目標：找到一位牠能讓他成為超級巨星的新人小說家。

衝突：大多數的小說家並不想更加努力好爭取在自己的領域裡出人頭地。

領悟：〈領悟尚未被定義〉

一句話摘要：一隻滿懷渴望的年輕狼在尋找一位可以成為明日之星的作家，但是牠聲名狼籍，人們都對牠感到害怕。

一段摘要：大野狼在十九歲那一年被判謀殺兩隻小豬並入獄服刑，後來獲得假釋。現在牠是一位行情看漲的作家經紀人。牠來到研討會上打算發掘有天份的作家，但是牠直白的言行讓歌蒂拉對牠敬而遠之。小豬也在研討會上，牠對大野狼百般刁難。當小豬試著要讓歌蒂拉背離她內心真實的召喚時，大野狼斥責了牠，一小時後牠就因為小豬被殺害而遭到逮捕了。歌蒂拉證明了大野狼的清白，牠也因而被釋放。

小豬

角色：唱反調的朋友，第二故事軸當中的謀殺案被害者

價值：

沒有什麼比金錢來得更重要。

沒有什麼比生存來得更重要。

沒有什麼比出名來得更重要。

抱負：成為一位知名的小說家，假使牠不需要太費力氣的話。

目標：上一門小說寫作課，找到出版小說的捷徑，不然就是花錢請人代勞他不喜歡做的那部份。

衝突：寫作遠比牠所想的還難，牠寧可付錢請人來幫牠做這件麻煩事。

領悟：〈領悟尚未被定義〉

一句話摘要：一隻有錢的企業豬來上寫作課，因為牠認為要寫出一本暢銷小說應該易如反掌。

一段摘要：小豬的事業經營得非常成功，而牠現在打算退休、寫一本堪稱曠世鉅著的小說——「出自奇才之手的令人心碎之作」[16]。當牠發現事情不如外表看起來那麼簡單，牠便想找人一起合著，但沒有人感興趣。牠後來打算找歌蒂拉幫忙，然而大野狼從中介入，把小豬訓斥了一番。小豬的姪子小小豬來研討會會場找牠；在此之前，小小豬曾想在牠底下謀份差事，但沒有成功。小小豬殺害了小豬，並且嫁禍到大野狼身上，但牠在歌蒂拉證明大野狼清白的時候被逮捕了。

小小豬

角色：配角，第二故事軸當中的反派角色

---

16 語出戴夫·艾格斯（Dave Eggers）於二〇〇〇年出版的暢銷自傳小說《*A Heartbreaking Work of Staggering Genius*》（中譯《怪才的荒誕與憂傷》，天下文化出版，二〇〇一年）。

價值：

沒有什麼比過得開心來得更重要。

沒有什麼比生活富裕來得更重要。

沒有什麼比朋友成群來得更重要。

抱負：輕輕鬆鬆就成為圈子裡既富且貴的上流豬。

目標：在牠經營大企業的叔叔小豬底下找份輕鬆的差事。

衝突：小豬準備要退休了，而且因為小小豬懶惰成性，所以小豬並不打算給牠工作。後來小小豬發現牠的叔叔是謀殺牠爸爸的兇手。

領悟：〈領悟尚未被定義〉

一句話摘要：一隻年輕的懶惰豬試圖說服牠自大又有錢的叔叔給牠一份不需要花什麼力氣的爽差事。

一段摘要：小小豬的大學生活不是在酗酒就是在把妹。但是牠的父親過世、母親對牠不聞不問、信託基金也已經用得差不多了，現在牠只能靠拋售股票來維持生計。小小豬找上牠的叔叔，請牠給一份輕鬆的差事，但小豬已經準備要退休了，而且無論如何也不願意給牠一點施捨。小小豬發現牠的叔叔謀殺了牠的爸爸，牠也知道牠自己是叔叔的財產繼承人，於是牠找人製作了針劑，好讓牠麻醉並殺害牠的叔叔。小小豬殺了小豬之後嫁禍給大野狼，但是後來牠發現歌蒂拉試圖要證明大野狼的清白。小小豬拿出備用的針劑打算殺害歌蒂拉，但歌蒂拉對牠噴灑了胡椒噴劑，羅賓漢並接著逮捕了牠。

哈伯德老媽

角色：朋友

價值：

沒有什麼比擁有一個擺得滿滿的碗櫥來得更重要。

沒有什麼比家庭來得更重要。

抱負：或許哪一天可以寫出個故事，然後就成為有錢人。

目標：根據她個人擁有一個空碗櫥的經驗寫出一部小說。

衝突：她沒什麼故事好說。

領悟：她發現自己並不想成為一個小說家；她只想要有錢。

一句話摘要：一位老太太決定把她的窮寡婦人生經驗寫成小說好大撈一筆。

一段摘要：〈一段摘要尚未被定義〉

羅賓漢

角色：朋友

價值：

沒有什麼比自由來得更重要。

沒有什麼比捏一把諾丁罕郡長的鼻子來得更重要。

抱負：過著冒險生活。

目標：把他亡命之徒的精彩生活寫成故事。

衝突：他相當膚淺，也並非真心想好好寫小說。

領悟：〈領悟尚未被定義〉

一句話摘要：〈一句話要尚未被定義〉

一段摘要：〈一段摘要尚未被定義〉

爸爸熊

角色：配角

價值：〈價值尚未被定義〉

抱負：教授牠的小說寫作法。

目標：在研討會上教授年輕作家們以「大綱寫作法」來創作小說。

衝突：〈衝突尚未被定義〉。

領悟：〈領悟尚未被定義〉

一句話摘要：〈一句話要尚未被定義〉

一段摘要：〈一段摘要尚未被定義〉

媽媽熊

角色：配角

價值：〈價值尚未被定義〉

抱負：教授牠的小說寫作法。

目標：在研討會上教授年輕作家們以「有機寫作法」來創作小說。

衝突：〈衝突尚未被定義〉。

領悟：〈領悟尚未被定義〉

一句話摘要：〈一句話要尚未被定義〉

一段摘要：〈一段摘要尚未被定義〉

步驟四：短版概要

歌蒂拉一直想要寫一部小說，但是家裡的每個人都告訴她這個夢想「不切實際」，所以她將夢想擱在一旁，直到她的孩子去上學。當她決定要在一場寫作研討會上選修一些課程時，她先嘗試了爸爸熊的「大綱式寫作法」，但是她發現這對她來說太困難了。接著她試了媽媽熊的「有機寫作法」，但是她覺得這太含糊不成形了。最後，她去上了寶寶熊的「雪花分形寫作法」課程。這課程聽起來還不錯，但是根據小豬的推測，以她的寫作速度她大概花上一輩子的時間也沒辦法完成她的小說。歌蒂拉一時沒了主意。她猶豫著，而這個時候，大野狼走進了教室，無情地把小豬一槍射倒在地上。

歌蒂拉憤怒至極，開始攻擊大野狼。寶寶熊這時從地上跳起來，解釋自己並沒有死掉，這只是一個噱頭，用來展示在幕與幕之間的斷

點善用「災難」的重要性。歌蒂拉了解到「三災劇結構」的價值，然後她很快地寫出讓全班為之屏息的「一段摘要」。然而，當她開始製作她的「人物表」時，她把焦點集中在男女主角上，完全忽略了反派角色。小豬想要寫一個自傳式小說，於是牠來到研討會上打算找一個作家合作，幫牠完成困難的部份。歌蒂拉寫了一份出色的「一頁概要」，大野狼告訴她她很有天份，並且邀請她共進午餐。在下一堂課的時候，大野狼消失了。寶寶熊要求看看歌蒂拉的「人物概要」，並且告訴她她的反派角色太單薄了。歌蒂拉重新做了一些調整，這一回她的反派角色變得更有說服力，但是小豬不以為然地表示這樣的反派角色是不會討大野狼喜歡的。

　　歌蒂拉去赴了午餐約會，但對於大野狼會跟她說些什麼感到很害怕。牠會像小豬那樣對她嗤之以鼻嗎？她會錯失和這位大咖作家經紀人合作的機會嗎？但是她決定自己必須停止擔憂別人對她的看法。她和大野狼聊起自己的小說，並且給牠看了她寫的「人物概要」，大野狼開始哭了起來。牠告訴她當反派角色的辛酸。人們並不了解你，他們只認為你是邪惡的。牠說了關於自己如何在年輕的時候被嫁禍為殺害兩隻小豬的兇手的故事。牠入獄服刑，沒有人相信牠是無辜的。歌蒂拉看出大野狼有一顆柔軟仁慈的心，也極度渴望牠能成為她的經紀人。午餐之後，歌蒂拉向寶寶熊抱怨她現在得回頭檢視之前所做的東西。牠解釋這是很正常的，而且「雪花分形寫作法」就是要鼓勵你在你已經寫了太多內容之前盡早做「回頭檢視」。第二天早上，寶寶熊教授了如何寫「長版概要」。小豬對歌蒂拉施加壓力，希望她幫他寫故事，但被大野狼訓斥了一番。小豬帶著憤怒，趾高氣昂地離開了教室。接下來，寶寶熊讓歌蒂拉坐上受訪椅，幫她開始發展她的「角色設定表」。大野狼把自己蜷在教室角落裡睡覺。寶寶熊盤問了歌蒂拉好一會兒，接著有位攝影師進入教室拍了一些照片。沒有人注意到大野

狼何時離開了教室，但是大家都聽到了遠方傳來的警笛聲。寶寶熊前去查看，得知小豬已經被人殺害了。直到這個時候，大家才發現大野狼已經離開教室。

　　大家都到外頭去看究竟是怎麼一回事。警方已經逮捕了大野狼，而爸爸熊正在解釋牠如何發現小豬的屍體、接著在男廁裡抓到大野狼正在洗牠的手、將大野狼逮捕、並且打電話叫警察的整個過程。所有人都認為大野狼肯定是兇手。歌蒂拉去探大野狼的監，牠堅持自己的清白——牠又再次被栽贓嫁禍了。歌蒂拉相信牠，她花了一整晚的時間思考如何還牠清白，但是終究毫無頭緒。她熬夜到很晚好不容易把作業作完，第二天早上拖著蹣跚的腳步進了教室。寶寶熊教授的是關於「場景表」的主題，也舉了一個例子說明。當牠提到了「時間戳記」，歌蒂拉變得非常激動並且衝出了教室。她找到爸爸熊，向牠要到了牠買咖啡的收據。她發現了攝影師的相機，並且把它偷偷拿走。她在咖啡館的露台找了個安靜的角落查看相機裡的相片。這時被害小豬的姪子小小豬出現了，並且表示要和歌蒂拉一起查看相片。他們發現一張大野狼在教室裡睡覺的照片，而那張照片的時間戳記證明了大野狼是無辜的。小小豬掏出了一支針筒，打算要往歌蒂拉身上注射。歌蒂拉拿出胡椒噴罐往小小豬噴，羅賓漢也到現場出手幫忙。小小豬被逮捕，歌蒂拉成了英雄，大野狼也重獲自由。那天下午，寶寶熊請歌蒂拉描述事情發生的經過。她談到了關於她自己的「目標／衝突／挫敗」和「反應／困境／決定」。寶寶熊解釋它們的作用，並且告訴歌蒂拉她必須利用這些模式事先規劃出她的場景。一旦她完成這件事，她就可以開始寫她的小說了。歌蒂拉回家後便著手安排她小說裡的第一個場景。接著她便開始寫作，內容文字如行雲流水般不斷湧出。歌蒂拉覺得非常開心。

步驟五：人物概要
歌蒂拉

歌蒂拉是個聰明的孩子。她在上幼稚園之前就學會閱讀了，而且她總是埋首在書堆之中。八歲那一年，她因為在森林裡散步的時候迷了路，而有了一個創傷的經歷。她來到了三隻熊的屋子，吃了牠們的燕麥粥，坐了牠們的椅子，還睡在牠們的床上。當三隻熊回到家的時候，她落荒而逃。歌蒂拉把這件事拋到腦後，但這個事件已經造成創傷，讓她對於別人看待她的眼光有著不健康的恐懼。所以她便一直活在試著讓別人開心的日子當中。

當歌蒂拉開始上學之後，她特別喜歡寫作。小學的時候她曾經在一場作文比賽當中獲勝，也認為自己或許有一天會成為一名作家。但是當她進入中學之後，她的父母親明白地告訴她——他們希望她長大之後可以從事一些「正經」的工作。他們認為寫小說是愚蠢幼稚的夢想，並且告訴她，她得去學一些「務實」的東西，好幫助她賺錢維持生計。

於是歌蒂拉在大學裡主修行銷，畢業時拿了一個父母親認為實用的學位。她找到一份工作，也很快地結了婚。婚後一年，她懷了兩個孩子中的老大，於是她辭去工作專心照顧孩子。她有一個女兒和一個兒子，並且和他們倆度過了幾年快樂的時光。當老二開始上幼稚園之後，歌蒂拉發現她已經離開職場將近八年的時間，原本擁有的那些技能也早已過時了；她只能找到比最低薪資略高的低階工作。但是光想到要再去為一間她並不在意的公司做行銷工作，歌蒂拉就覺得渾身不舒服。她的先生收入不錯，他們家並不缺錢。但她還是極度渴望能在她的生命中做些有用的事。

她決定要做一件不切實際到底的事——她打算寫出一部像她常常讀的那些小說一樣的小說。但是她很快地發現她對於要如何開始動筆

毫無頭緒。當她打開她的文字處理器，空白頁在她的眼前，「一步錯、步步錯」這件事讓她感到無比恐懼。她覺得自己的程度落後別人太多，她一想到自己要把時間花在寫一本賣不出去的小說上就受不了。

於是她決定去參加一場寫作研討會，看看她是否能在寫小說這件事情上有快速的進展。

寶寶熊

寶寶熊是一隻二十來歲的年輕熊，從小在一個作家家庭中長大。他的雙親——爸爸熊和媽媽熊——都是作家，也是教授小說寫作技巧的老師。可以說寶寶熊身上流的就是作家的血液。

爸爸熊是一名大綱式寫作家，而媽媽熊則是一位直覺式寫作家。這兩種寫作方式對寶寶熊都不管用。他最喜歡「雪花分形寫作法」，因為這個方法最適合他。

現在，寶寶熊已經有了幾年的教學經驗，也愈來愈像個好老師。牠希望能在這場研討會中打響一點名聲，但是牠的第一堂課被安排在研討會第一天下午稍晚的時間。寶寶熊知道大家會先去聽爸爸熊和媽媽熊的寫作方法課程；牠希望那些發現這些方法對他們不管用的作家們或許會覺得「雪花分形寫作法」是比較好的方法。

寶寶熊說服了一位知名的作家經紀人——大野狼——闖進牠的教室，並且對牠開了幾槍空包彈。這個安排的目的，是要表演給牠的學生們看究竟「災難」是怎麼一回事。然而這個噱頭的效果遠遠超出寶寶熊的預期，因為這讓歌蒂拉直接槓上了大野狼。

寶寶熊看出歌蒂拉有相當大的潛力。表面上，她看起來不怎麼靈光，但是當寶寶熊推她一把之後，歌蒂拉便投入許多心力修改了她的「一句話摘要」和「一段摘要」。當歌蒂拉開始構思她的角色時，顯然她的男主角和女主角表現不俗，但反派角色卻像個糟糕的漫畫人物。

寶寶熊一直在想要如何讓她做得更好,但是卻苦無解決方法。

當歌蒂拉把她的「一段摘要」擴寫成一整頁之後,內容讀起來相當不錯。歌蒂拉不怎麼喜歡她的反派角色,所以她並沒有投入足夠的心力在他身上。當她在朗讀她的「人物概要」時,很顯然她的反派角色還需要再多花點工夫。歌蒂拉試著修改她的反派角色,但是小豬十分不以為然,牠覺得歌蒂拉把她的反派角色寫得太軟弱、太無趣,而且牠斷言大野狼一定會討厭她新的反派角色。歌蒂拉再次猶豫了。寶寶熊希望能夠告訴她,她需要把焦點放在寫出好作品,而不是在博取經紀人或編輯的好印象上;但是牠也了解到歌蒂拉得自己想通這件事。

在她與大野狼共進午餐後,歌蒂拉展現了成為作家的新力量。她不再擔心別人對她的看法,也在她的「一頁概要」和「角色設定集」上有了相當大的進展。然而,因為小豬一直想要僱用一名作家來幫牠代筆,牠便持續不斷地騷擾歌蒂拉。大野狼將牠訓斥了一番,小豬被惹惱之後便生氣地走出了教室。

寶寶熊讓歌蒂拉坐在受訪椅上,並沒有注意到大野狼離開了教室。但是牠確實聽見了警笛聲,而且當牠知道小豬被殺害、大野狼也被逮捕之後,牠非常沮喪。大野狼是牠找來研討會會場的,現在牠很害怕自己的仁慈反而招致了謀殺案的發生。

大野狼

大野狼在一個龍蛇混雜的社區裡長大。少年的時候,牠親眼目睹牠的叔叔因為殺了小紅帽的奶奶而被憤怒的群眾私刑殺害。十九歲那一年,牠被人誣陷殺了兩隻小豬。大野狼只記得當時自己睡了一整天,第二天醒來之後就被控謀殺。牠解釋不清楚究竟發生了什麼事也提不出不在場證明,於是牠被判有罪並且入獄服刑了六年。

服刑期間,大野狼都在圖書館裡閱讀。出獄之後,牠便決意要出

人頭地。牠先在一間作家經紀公司工作了幾年，熟悉這個產業，接著便自己創業，開始簽下一些客戶。作家們都很想和牠簽下經紀合約，因為他們發現大野狼是個難纏的談判專家。的確如此，因為編輯們都相當怕牠。

　　大野狼希望自己能成為這一行裡最棒的經紀人，牠表現得不錯，但籠罩牠的烏雲卻沒有完全散去。仍然有人無法忘記牠曾經有過一段坐牢服刑的日子。對他們來說，大野狼是個不老實的壞蛋、是騙子、是小偷、是殺人犯；而大野狼也不知道該如何洗刷這種形象。寶寶熊很喜歡牠的技巧與文學的評判力，也認為牠的過去只是年少氣盛，寶寶熊是少數願意給牠機會的人。

　　當大野狼遇到歌蒂拉之後，牠很高興看到她會是一個有天份的作家。她有想法，也很受教。研討會上唯一糟糕的事情是小豬也在場，這傢伙非常自以為是，一副因為牠是企業大亨、就能夠花錢買到文學巨擘的地位似的。大野狼和小豬吵了架，還甚至威脅要讓牠成為午餐。這個行為很蠢，大野狼自己也很清楚，但是看到小豬就會讓牠想起自己在獄中失落的那些年。

　　大野狼和歌蒂拉共進了愉快的晚餐，也盡其所能地鼓勵歌蒂拉。歌蒂拉的進步神速，但是少了包括「長版概要」在其中的企劃案，牠就沒辦法向外推銷她的書。她也還需要再多寫一些作為範例的章節，能有完整的初稿更好。隔天的課堂上，大野狼在教室後方的角落裡小睡。當牠醒來時，歌蒂拉正坐在受訪椅上。於是牠躡手躡腳地離開教室前往男廁。正當牠在洗手的時候，爸爸熊衝了進來並且控訴牠謀殺了小豬。

小豬
　　小豬是一隻有錢的企業豬，正準備要退休。牠想像著自己或許能

夠成為一個知名的作家,而花點錢買到一份出版合約對他來說似乎也是理所當然的事。

小豬出身貧困,但是牠和兩個哥哥從很年輕的時候便開始做生意打拚了。牠們的事業愈做愈大,但小豬卻覺得牠的哥哥們很礙事。牠們又懶又保守,一直在阻撓公司的發展。小豬很確定,只要哥哥們還在公司的一天,公司就沒辦法充份發揮它的潛力;事實上,牠們剝奪了原來應該屬於牠的成功。小豬向哥哥們開出了收購股權的條件,但是牠們都回絕了。

於是小豬準備了鎮靜劑,趁大野狼睡覺的時候把針劑注射到牠身體裡頭去;到了深夜,小豬到哥哥們家裡謀害牠們之後,再到處留下野狼的爪印。大野狼後來被捕,而且因為沒有不在場證明,因而被判刑。現在大野狼出獄了,但是小豬知道大野狼並沒有對牠起疑,所以牠大可放心。

小豬帶著牠出書的點子來到了研討會。爸爸熊和媽媽熊對牠沒什麼幫助,於是牠去了寶寶熊的課堂。但是寶寶熊不斷地解說著牠的「雪花分形寫作法」,小豬覺得這實在是太乏味了,聽起來就跟工作沒兩樣。為什麼不能有創意一點、然後花錢找人來寫細節,就像牠經營事業一樣?

但是寶寶熊不玩這一套,大野狼也老是在開牠玩笑。小豬愈來愈生氣了。這裡顯然是有人在搞牠,而牠的財富對於牠的出版事業一點幫助也沒有。最後,牠大發雷霆,氣呼呼地走出了教室並且去咖啡館點了杯拿鐵。牠的姪子小小豬傳來簡訊問牠人在哪裡。小小豬原本應該明天才會搭飛機過來的,但顯然牠此刻已經在鎮上了。

小豬告訴小小豬牠現在正在咖啡館後方的露台上。小小豬到了之後,便問牠關於牠們幾個星期前聊過的、關於牠想討份工作的這件事。小豬不以為然,告訴小小豬牠最好再回去學校唸點書,紮實地受

點教育，而不要只是一直把妹酗酒。小小豬對牠注射了鎮靜劑，接著
小豬便倒地無法動彈。牠眼睜睜地看著小小豬在牠的四周佈置野狼爪
印，並且割開牠的喉嚨。

　　小豬在意識消失之前的最後一個念頭就是——因果報應來得太快
了。

小小豬

　　小小豬是個富二代。牠的爸爸被大野狼謀殺了；媽媽則是一個社
交名媛，已經再婚，也沒有心思照顧牠。小小豬上大學之後就把時間
都花在把妹和酗酒上。等牠一滿二十一歲、可以全權使用牠的信託基
金之後，牠在轉眼間就把所有錢都揮霍光了。現在牠瀕臨破產邊緣，
於是牠想到最好是可以從牠的叔叔那裡謀得一份輕鬆的差事。

　　但是牠的叔叔小豬差不多要準備退休了。牠拒絕幫小小豬找份工
作。甚至，牠告訴小小豬應該要回學校好好地接受教育，然後再找份
正經的差事，靠自己的力量打拚。但是小豬洩漏了一點關於小小豬父
親死因的消息。小小豬把線索拚湊起來之後，發現原來是小豬殺害了
牠的父親。於是牠決定要殺了牠的叔叔，部份是為了報仇，部份則是
為了能繼承小豬的財產。

　　小小豬拿到鎮靜劑，並且在咖啡館裡找到了牠的叔叔。牠將鎮靜
劑注射到小豬身上，在小豬四周佈置好狼爪印，接著便殺了牠。

　　牠的計畫成功了。大野狼因為殺害小豬而被捕，小小豬也準備好
要繼承小豬所有的財產。但是當歌蒂拉發現了證明大野狼清白的證據
之後，小小豬必須要採取行動。牠手上還有備份的針筒，是牠為了萬
一第一針還不夠迷昏牠的叔叔而作的準備。牠試著要對歌蒂拉注射鎮
靜劑好接著殺掉她，但是歌蒂拉對著牠按下了胡椒噴罐。羅賓漢前來
幫忙制服小小豬，歌蒂拉立刻報警，於是小小豬被送進牢裡，並且很

快地便認罪招供了。

哈伯德老媽

哈伯德老媽是一位窮寡婦，她希望能靠寫小說致富。她一直覺得自己過的生活比任何人都來得有趣。但是她的生活裡其實只有一件事，那就是她每天都去看她的碗櫥，而碗櫥裡也永遠空無一物。

哈伯德老媽正在寫一部小說，是關於一名和她一模一樣的窮寡婦的故事。她並不想寫什麼寡婦覓得金龜婿的浪漫愛情故事；她對寫恐怖小說或者推理小說也毫無興趣。她只想寫關於她自己的寫實故事。

哈伯德老媽的故事並沒有讓寶寶熊留下深刻的印象，她自己怎麼想也想不透為什麼。她討厭傲慢自大的小豬，也對大野狼感到相當害怕。她很喜歡歌蒂拉，即便這個女孩子似乎總是活在一個幻想的世界裡。

羅賓漢

羅賓漢是個快樂的年輕人，他和一群快活的亡命之徒夥伴們一起住在雪伍德森林裡，過著盡情享用偷獵來的鹿、以及和諾丁頓郡長周旋鬥智的生活。他最喜歡的就是持續一整個週末不停的派對、大桶大桶的啤酒、和成群投懷送抱的小妞們。

羅賓漢想要寫一部小說，以他的生活做為一系列的故事。他並不是個勤奮的傢伙，而且當他去寫作研討會上學習如何寫出一部小說的時候，他發現這件事已經超出他的能力範圍了。

他忍不住欣賞起歌蒂拉。歌蒂拉很努力，她的故事也很精彩。而且她是個相當標緻的小妞，雖然有點目中無人就是了。羅賓漢一點都不喜歡小豬，也覺得大野狼挺討人厭的。

當小豬被殺的時候，羅賓漢並不覺得難過。當大野狼被捕的時

候，羅賓漢也並不感到意外。但是當歌蒂拉莫名執著於要洗刷大野狼的冤屈時，羅賓漢開始擔心了，小妞不該這麼認真看待生活的。羅賓漢試著和她講道理，但是她對羅賓漢大發脾氣，並且告訴他她不喜歡被人叫做「小妞」。想不到吧！她真是個奇特的小妞。

　　羅賓漢可不是被小妞甩了之後就摸摸鼻子轉身離去的那種人，他還是注意著歌蒂拉的一舉一動。當他看見歌蒂拉去了咖啡館的露台後，他便在會議中心附近閒晃，打算等她回來的時候跟她說說話。羅賓漢看見小小豬往後方露台走去，但是他聽不見裡頭發生了什麼狀況。然而當他聽見歌蒂拉驚呼求救的聲音，他第一時間趕到現場，手裡的箭也立刻搭在弦上。他幫忙逮捕了小小豬，並且期待著歌蒂拉能用任何年輕小伙子都想要的那種可愛妹妹報恩的方式來回應他。

步驟六：長版概要

　　這個故式太短，不需要寫「長版概要」。「短版概要」已經足夠我創作步驟八的「場景表」了，所以我跳過了這個步驟。

步驟七：人物表

歌蒂拉

年齡：三十歲

身高：五呎五吋（約一百六十五公分）

體重：一百一十五磅（約五十二公斤）

族裔：北歐

髮色：金

眼睛顏色：藍

人格類型[17]：親和型（amiable）與強勢型（driver）

嗜好：閱讀、寫作

最喜歡的書：歌蒂拉喜歡有強烈愛情故事包括在其中的刺激冒險小說。她是肯‧福萊特（Ken Follett）和傑克‧希金斯（Jack Higgins）的超級粉絲。

最喜歡的電影：《北非諜影》（*Casablanca*）

住家的描述：她住在郊區一間三房的屋舍當中，屋齡大約十年。她家的廚房很大，中間有一個中島，還有大理石流理台。

教育背景：她在大學裡取得了行銷學位。

工作經驗：歌蒂拉在大學畢業之後、生小孩之前工作了一、兩年，但是她已經離開職場大約八年的時間，現在的就業前景並不是很樂觀。

家庭：已婚，有一個上小學的女兒和就讀幼稚園的兒子。

最糟糕的童年記憶：她曾經在森林裡散步時迷了路。當她來到一間小屋，她走了進去，並自己拿了些燕麥粥來吃。她弄壞了一些傢俱，後來還在床上睡著了。當她醒來的時候，三隻熊已經出現在屋子裡。她一邊逃跑一邊大聲尖叫，心裡受到了很大的創傷。她的父母對她感到很失望，從小到大總是不斷地告訴她她可以表現得更好。她對於別人的看法會有莫名的擔心恐懼。

最強的人格特質：歌蒂拉聰明又充滿活力，而且當她有事情要做的時候，她會把它們好好完成。

最弱的人格特質：她很在意別人對她的看法，這是她的罩門。

最大的期望：寫出一部人人都喜愛的小說。

最深的恐懼：寫出一部人人都討厭的小說。

---

17 作者於「人格類型」所採用的指標為由大衛‧梅瑞爾博士（Dr. David W. Merrill）所提出的「社交風格模型（Social Style Model）」。該模型分別以「善問／善說（Ask-Directed Assertiveness/ Tell-Directed Assertiveness）」、「對事／對人（Task-Directed Responsiveness/People-Directed Assertiveness）」為 X 軸與 Y 軸，界定出分析型（Analytical）、強勢型（Driver）、親和型（Amiable）、和表達型（Expressive）四個象限。

他如何看待自己：她缺乏自信，而且她不知道自己實際上多麼地有天份。

別人如何看待他：他們認為她很聰明、很有條理，缺乏自信的模樣挺可愛的。

人格如何改變：歌蒂拉會發展出自信，信任她身為作家的直覺。

寶寶熊

年齡：二十九歲

身高：三呎二吋（約九十七公分）

體重：兩百磅（約九十一公斤）

族裔：熊

眼睛顏色：咖啡

毛色：咖啡

身型描述：寶寶熊是隻小熊。

穿著風格：毛皮。

幽默感：愛開玩笑，也有點愛惡作劇。

人格類型：分析型（analytical）與親和型

嗜好：寫作

最喜歡的書：牠是經典童話故事的粉絲。牠廣泛地閱讀各式各樣的書籍，喜歡懸疑、幻想、與青少年讀物。

最喜歡的電影：《傲慢與偏見》（*Pride and Prejudice*）

住家的描述：一間森林裡的小屋，牠從小在那裡長大。

教育背景：牠比一般普通熊來得更聰明，並且取得了創意寫作的學位。

工作經驗：小說寫作與小說寫作教學。

家庭：爸爸熊與媽媽熊的獨生子。

男性友人：牠的童年玩伴是大野狼，大野狼曾經有犯罪紀錄，但後來似乎已經改過自新了。然而，大野狼一直堅稱自己沒有殺害那些小豬，寶寶熊則是認為牠應該如實招供就好。大野狼在獄中表現不錯，而且是個很棒的經紀人，所以寶寶熊想要再給牠一次機會。

最糟糕的童年記憶：牠還是小小熊的時候，有一天出門散步回家之後，發現自己的食物被吃了，椅子被坐壞了，一個金髮人類睡了牠的床之後還一邊抓狂尖叫一邊逃跑。有好幾年的時間，寶寶熊常常夢見找到這個女孩，並且把她帶去接受法律審判。

最強的人格特質：比一般普通熊來得聰明得多。

最弱的人格特質：過於忠誠。牠從小就認識大野狼並一直支持牠，即使後來牠去坐牢、而且明顯有罪也是如此。

最大的期望：自己有一天也能成為一個偉大的小說家，而不只是一位知名的小說老師。

最深的恐懼：牠的學生裡沒有一個人成材。

他如何看待自己：一隻聰明的熊，知道什麼是優秀的小說與寫出優秀小說的教學方法。

別人如何看待他：一個很棒的老師與精神導師。

大野狼

年齡：二十九歲

身高：六呎（約一百八十三公分）

體重：一百八十磅（約八十二公斤）

族裔：狼

毛色：灰

眼睛顏色：黑

身型描述：牠是一隻身型碩大的野狼，有一雙熱切到似乎可以把

你看透的黑色眼睛。牠有灰色的毛皮和銳利的犬齒，而且牠在獄裡非常勤於健身，所以渾身上下都是結實的肌肉。

穿著風格：毛皮。

幽默感：牠相當有挖苦人的機智，對於戳破別人膨脹的自我也從不手軟。不過，牠對待缺乏自信的人相當和善，而且絕不願意去傷害到他們的感情。然而牠有時候的確會做出這樣的事，因為牠的感覺實在有點遲鈍。

人格類型：強勢型與表達型（expressive）

嗜好：長距離跑步、閱讀、吃（牠特別喜歡豬肋排）。

最喜歡的音樂：龐克搖滾

最喜歡的書：牠喜歡冒險小說，戰爭小說、尤其是二次世界大戰的小說，科幻小說。

最喜歡的電影：《終極警探》（*Die Hard*）（全部四集牠都愛）

最喜歡的顏色：灰

住家的描述：一個很棒、很舒適的洞穴。

教育背景：在獄中自學。牠讀了監獄圖書館裡大部份的書，尤其喜愛小說。

工作經驗：牠在十九歲那一年因為被誣陷殺害了兩隻小豬而入獄。牠在洗衣間工作，後來因為行為表現良好而獲得假釋。牠在一間作家經紀公司工作了兩年後，最近開始經營自己的經紀事業——大野狼作家經紀公司。

家庭：牠來自一個極度忠誠的野狼團體。然而沒有一個成員相信牠沒有殺害小豬，所以牠覺得自己和牠們有些格格不入。牠們是一個暴力團體，而牠是一隻沉穩、好學的野狼。

男性友人：牠和寶寶熊一起長大，即便是牠入獄之後，牠們還是維持著友誼。然而寶寶熊從來不十分相信牠是無辜的。寶寶熊總是對

大野狼說「你會那麼做自有你的理由。」

女性友人：牠正在和一隻條件很好的母狼交往，母狼在房地產的事業上經營得有聲有色。大野狼希望牠們之間能有好的結果。母狼的家人對於牠曾經入獄這件事有些顧慮，但是母狼自己覺得大野狼有些憂鬱而神秘，而且或許大野狼險惡的名聲反而比牠真正的個性更來得吸引她。

敵人：小豬一直因為兩個哥哥被牠殺害而憎惡牠。就是小豬流著眼淚在證人席上所做的證詞把大野狼送進了監獄。

最糟糕的童年記憶：牠最喜愛的叔叔在吃掉小紅帽的奶奶當午餐之後，被一群憤怒的樵夫動私刑殺死了。大野狼知道牠的叔叔難辭其咎，但就算如此，牠還是覺得這些樵夫們做得太過火，應該要等待法庭做出公正的判決才是。大野狼看不起動私刑的暴民們。

一句話描述性格：一隻面惡心善的野狼。

最強的人格特質：心直口快，有時候會因為想要表現得誇張一點而使用一些恐嚇的字眼。

最弱的人格特質：在表達個人意見時常常太直白，所以有時候會在無意間傷害到別人的感情。

最大的期望：牠希望能在年輕一代的作家中發現新的可造之材。

最深的恐懼：牠害怕會按捺不住自己狼性裡的暴力衝動。

他如何看待自己：一隻友善、迷人、有智慧、但是深受誤解的野狼。

別人如何看待他：一隻可怕、刻薄、缺乏同理心、危險的野狼。

小豬

年齡：六十四歲

身高：四呎三吋（約一百三十公分）

體重：三百磅（約一百三十六公斤）

族裔：豬

髮色：小豬沒有頭髮。

眼睛顏色：粉紅。

身型描述：牠是一隻豬。

穿著風格：沒有穿衣服。有時候會打一個黑色領結。

幽默感：小豬太過嚴肅了，牠從不開玩笑。

人格類型：強勢型與分析型。

嗜好：牠有一套出色的郵票收藏，牠還花錢請助理來幫牠持續更新收藏內容。

最喜歡的音樂：牠是華格納（Wagner）的超級粉絲。

最喜歡的書：任何和商業管理有關的書籍。《如何贏取友誼與影響敵人》（*How to Win Friends and Influence Enemies*）。

最喜歡的電影：記錄片。

最喜歡的顏色：粉紅。

住家的描述：小豬曾經自己打造了一間磚屋。後來當牠事業有成之後，牠搬進了一間別墅，別墅所在的社區不僅門禁森嚴，還擁有自己的高爾夫球場。別墅裡的房間大多牠用不上，但是牠有幾個僕人住在那裡運作家務，包括了一名管家、一名廚師、和一名家事清潔員。

教育背景：哈佛商學院（Harvard Business School）。

工作經驗：小豬年輕的時候是靠著和哥哥們一起賣稻草稈、木條、和磚塊起家的。後來，牠們轉向經營建材業，並以「家得寶（Home Depot）」和「勞氏（Lowe's）」為競爭對手開設了連鎖商店。不過牠們的目標客群是承包商，而不是自己動手做的個人。接著牠們跨足了製藥業，經營得非常成功。小豬在哥哥們遭遇謀殺慘案後成為公司的執行長。

家庭：小豬的父母親很多年前便已經過世，留下牠和牠的兩個哥哥自力更生。牠們一同創業，事業擴展得相當迅速。在小豬的哥哥們慘遭殺害後，公司在牠的帶領下有了指數性的成長。小豬沒有結婚，但牠的一個哥哥身後留下了一個妻子和一個兒子（小小豬）。小小豬在富裕的環境中長大，是個被寵壞的公子哥。

最要好的朋友：朋友？小豬沒有朋友。但是牠有很多競爭對手。

敵人：小豬的敵人只有牠的哥哥們，因為牠們正在毀掉整個家族事業。於是小豬殺了牠們，並且繼承了其中一個哥哥的所有股權，進而完全掌控整個公司。牠的姪子小小豬現在已經長大了，牠手中握有公司三分之一的股權，雖然可以為牠帶來一些分紅，但這樣的收入仍然不敷牠使用。小小豬想找個錢多事少的爽缺，小豬知道牠根本沒有能力，於是便拒絕提供牠任何公司裡的職位。小小豬現在如果想要繼續維持原有的生活型態，就必須賣掉牠的股權。但是小小豬是小豬的法定繼承人，當牠發現小豬殺了牠的父親之後，牠便打算來個一石二鳥之計。

最棒的童年記憶：小時候，牠最喜歡和哥哥們在長長的夏日午後鑽進爛泥巴裡打滾。

最糟糕的童年記憶：小豬小時候常常聽到關於一隻傳奇的大野狼把房子用力吹倒的恐怖故事。小豬常常做到大野狼的惡夢。當牠終於遇上一隻原本應該又大又壞的野狼時，這傢伙卻輕易地被牠拿來當成謀害小豬哥哥們的替死鬼。

一句話描述性格：小豬是一隻男性沙豬（male chauvinist pig），為達目的，牠在通往成功的階梯上會不惜踩著別人往上爬、並且伸手把前方的人一一往下拉，已經到了病態的程度。

最強的人格特質：小豬總是要得到任何牠想要的東西，因為牠認為每個人都有一個價格，每個人都可以用錢收買。

最弱的人格特質：小豬缺乏同理心，也沒辦法站在他人的立場設想。因此牠完全不適合當一個小說家。

最大的期望：小豬希望自己能因為既是業界領導人物又是偉大的小說家而聞名——牠是一隻多才多藝、卻卑微地白手起家的豬。

最深的恐懼：小豬害怕有人會發現牠最深處的秘密——牠殺了自己的哥哥們。

生活哲學：能拿的盡量拿！想討回，門都沒有！

他如何看待自己：一隻白手起家，完全靠著自己的力量、從卑微的創業走向成功的小豬。

別人如何看待他：一隻傲慢、自私、自我本位，以為用錢可以買到任何東西、任何人的豬。

角色如何改變：牠會被殺掉。

小小豬
年齡：二十四歲
身高：三呎八吋（約一百一十二公分）
體重：兩百八十磅（約一百二十七公斤）
族裔：豬
髮色：小小豬沒有頭髮。
眼睛顏色：粉紅。
穿著風格：豬不穿衣服。小小豬有時候會穿一件高級運動夾克。
幽默感：小小豬很喜歡中二笑話。沒有什麼比趁好哥兒們在沙發上和女朋友談情說愛的時候倒一罐啤酒在他身上來得更好玩的事了。
人格類型：表達型，還是表達型。
嗜好：喝酒、打撞球、賭博、把妹。
最喜歡的音樂：嘻哈音樂。

最喜歡的書：小小豬很肯定牠自己從來沒看過書。

最喜歡的電影：《動物屋》（Animal House）——這是部記錄片！[18]

住家的描述：小小豬在一間豪華的別墅中長大，這是屬於牠的信託資產的一部份。現在牠的錢已經花得差不多了，牠得打包所有家當搬到昂貴的公寓裡頭去。

教育背景：小小豬勉強唸完了高中和大學。牠記得自己主修的是企業管理，但其實牠也不太確定。

工作經驗：老實說，出身富裕的孩子們並沒有太多的工作機會。企業主往往不太喜歡這一類型的人，而只會把工作留給願意拿低薪賣命的窮人家子弟。所以小小豬必須不斷地對抗歧視，也從來沒有真正得到一份工作過。但是牠一直在觀望，牠很確定叔叔的事業當中會有一個高階主管的位子是屬於牠的。然而牠的叔叔實在是太吝嗇了，只會一直問些像是「到底小小豬能為這間公司做什麼」這樣的蠢問題。

家庭：小小豬的父親在牠還是青少年的時候就被殺害了，兇手判定是大野狼。小小豬的母親是個有錢的社交名媛，比牠的父親年輕很多，對於丈夫的死她並不是太在意。小小豬是家中的獨生子，現在牠已經成年，除了節日之外，牠也不再時常與母親保持聯絡了。

最要好的朋友：小小豬有一大票大學時候的死黨朋友。混兄弟會的日子絕對是他們最快樂的時光。他們大多數人現在都在工作，其他人則是還在學校裡試著找尋自我。他們每個人都是很棒的傢伙，小小豬也總是會在他們有急用的時候慷慨解囊不求回報。然而現在牠自己有急用了，奇怪的是，牠的朋友們沒有任何一個人有餘錢能夠幫牠一把。經濟不好嘛，你知道的。

最強的人格特質：小小豬出手非常闊綽。一直都是如此。牠也非

18《動物屋》是一九七八年的美國校園惡搞喜劇片，由編劇克里斯·米勒（Chris Miller）根據自己真實的大學生活所改編。

常擅於交際，認識非常多的人，喜歡和他們在派對上廝混。牠很受歡迎，大家公認牠對女孩子非常有一套。

最弱的人格特質：小小豬不喜歡努力工作。牠是個天才，你知道的，天才過日子哪裡需要靠花力氣啊。

最大的期望：小小豬想要接手牠爸爸和叔叔們創立的公司，成為下一任執行長牠希望能成為業界大亨，或許哪一天能跨足政壇也說不定。

最深的恐懼：小小豬最害怕貧窮與必須努力工作。那不是天才豬該做的事，有失牠的身分。

男性朋友：多不勝數。小小豬在大學裡認識的每個人都是牠的朋友。

女性朋友：多不勝數。牠大學時認識的每個女孩子都想尋歡作樂，取悅女孩子小小豬樂意之至。

敵人：小小豬想不出有誰會討厭牠。雖然牠的叔叔小豬似乎不怎麼欣賞牠的天縱英才，但這也算不上是敵人。小小豬最近拜訪了牠的叔叔，想要謀份差事。牠們共進晚餐的時候，小豬無意間透露了牠殺害小小豬父親的口風。而小小豬也意識到，假使牠殺了小豬，牠不但能為自己父親的死報仇，同時也可以繼承家族事業，得到牠夢寐以求的閒差事。

最棒的童年記憶：小小豬記得小時候爸爸媽媽在家裡辦了好幾場很棒的派對。小小豬會混在大人當中，偷偷喝點雞尾酒，享受當時的氣氛。

最糟糕的童年記憶：小小豬必須在感恩節的時候去探望牠的祖父母，聆聽牠們如何在貧困中長大、摸索求生的又臭又長的故事。誰想要過那樣的生活啊？

一句話描述性格：小小豬相信自己是全世界最有才華的人，牠值

得擁有一切好東西，完全不需要努力。

　　他如何看待自己：一隻優秀、天縱英明的豬，雖然生活中遇到了點小挫折，但牠已憑藉著天才的力量將它們一一克服了。

　　別人如何看待他：一個只想坐享特權、完全沒有工作倫理的懶惰富二代。

　　生活哲學：生活如此美好，就盡情享受吧，因為你值得，你這天才的傢伙，就是你。

哈伯德老媽

年齡：七十五歲。

身高：四呎九吋（約一百四十五公分）

體重：一百五十磅（約六十八公斤）

族裔：美國人會有的所有傳統歐洲祖先的大混血。

髮色：灰

眼睛顏色：淺藍

身型描述：哈伯德老媽是個駝背但活力充沛、想法天馬行空的老太太。

穿著風格：她穿著暗色的拖地長洋裝。頭上梳著包頭，臉上戴著有框眼鏡。她很怕自己被搶劫，所以她在圍裙裡藏了一把小手槍。

幽默感：自嘲

人格類型：表達型與親和型

嗜好：烹飪、縫紉、燙衣服、跳舞

最喜歡的音樂：三〇和四〇年代的大樂團音樂（big-band music）

最喜歡的書：童話故事

最喜歡的電影：綠野仙蹤（The Wizard of Oz）

最喜歡的顏色：紫、灰

皮包或皮夾裡的內容物：她沒有皮包，但是她的圍裙有很多口袋。

住家的描述：唉，她家可以說是家徒四壁。她的小客廳裡有張薄薄的破地毯。廚房的地板很老舊，櫥櫃很樸素，連漆都沒有上。碗櫥也同樣樸素沒有上漆，裡頭空空如也。

教育背景：哈伯德老媽中學畢業後就結婚了。在她年輕的時候大家都是這麼做的，所以她搞不懂為什麼這些年輕女孩子不想走這條路，而要繼續升學，然後等個好幾年才結婚生小孩。她覺得這令人難以理解。

工作經驗：無。哈伯德老媽從來沒有在外頭工作過。很多年前，她的先生曾經有工作，但是他過世後哈伯德老媽便成了寡婦。她有一小筆養老金，這其實也就足夠她用了。

家庭：哈伯德老媽是個寡婦，她有五個孩子，都已經長大成人且各自成家立業。他們仍然會照顧她，但是他們都很忙，老媽也不常見到他們。

最糟糕的童年記憶：哈伯德老媽在一個貧窮的家庭裡長大，他們家的碗櫥永遠是空的。

最大的期望：哈伯德老媽希望有一天能成為暴發戶。

最深的恐懼：碗櫥永遠是空的。

他如何看待自己：一直被生活所欺騙的可憐老女人。

別人如何看待他：一個只在意空碗櫥的可憐老女人。

羅賓漢

年齡：三十五歲

身高：六呎（約一百八十三公分）

體重：一百八十磅（約八十二公斤）

族裔：薩克遜（Saxon）

髮色：金黃

眼睛顏色：藍

身型描述：帥氣的年輕男子，穿著皮衣並隨身帶著弓箭。

幽默感：開心又快活

人格類型：表達型與強勢型

政治立場：他反對諾丁罕郡長，支持獅心王理查（Richard the Lion King）[19]。

嗜好：射箭、喝啤酒、和小妞打情罵俏

最喜歡的音樂：飲酒歌

最喜歡的書：書？

最喜歡的顏色：金和綠

皮包或皮夾的內容物：幾枚金幣

住家的描述：他住在雪伍德森林的洞穴裡。

教育背景：無

工作經驗：羅賓漢從來沒有工作過。他會在森林裡獵鹿，也會打劫有錢人，並且把部份財物拿去接濟窮人。但人總是需要活下去的，所以他會留下自己需要的物資。

家人：他那群快活的亡命之徒夥伴們就是他的家人。

最好的朋友：小約翰（Little John）

男性朋友：小約翰、塔克修士（Friar Tuck）、威爾‧史考雷（Will Scarlett）、磨坊工之子馬區（Much the Miller's Son）

女性朋友：瑪麗安姑娘（Maid Marian）

敵人：諾丁罕郡長一直試圖要逮捕羅賓漢。

一句話描述性格：靠著他的射箭技術走天下的亡命之徒。

---

19 英格蘭國王理查一世（一一五七年—一一九九年），因其善戰好戰而被稱為「獅心王」。

最大的期望：他想要自由自在地生活。

最深的恐懼：他害怕被逮捕並且失去自由。

生活哲學：不自由，毋寧死。

他如何看待自己：全世界最愛找樂子的傢伙。

別人如何看待他：走到哪裡都穿著皮衣、帶著弓箭的怪人。

爸爸熊
（無）

媽媽熊
（無）

步驟八：場景列表

（一）　歌蒂拉開始動手寫她的第一部小說，但是卡住了。她不知道該如何下筆。於是她決定要去參加一場研討會。

（二）　歌蒂拉跟著爸爸熊上了第一堂課，她試了「大綱式寫作法」。但是這一點也不合她用，它太無聊了。

（三）　歌蒂拉上了媽媽熊的課，並接著嘗試了「有機寫作法」。但這種寫作法也不奏效，它太混亂了。

（四）　歌蒂拉急切想要上課。她看見有一門主要課程在教授「雪花分形寫作法」，便決定要去上這門課。

（五）　歌蒂拉參加了寶寶熊的一系列課程，寶寶熊讓她擔任作為示範的志願者，並且教她如何定義她的「目標觀眾」。

（六）　在寶寶熊的大力鞭策下，歌蒂拉終於把「一句話摘要」寫了出來。

（七）　寶寶熊解釋了什麼是「雪花分形」以及你的故事會如何一點一

點發展出來。然後大野狼把牠一槍射倒在地上。

（八）　寶寶熊解釋什麼是「三幕劇結構」，並且幫助歌蒂拉寫出她的「一段摘要」。

（十）　歌蒂拉學習了關於人物的「目標」、「抱負」、和「價值」，並且把這些元素組合起來套用在她的主要人物上。

（十一）歌蒂拉的「一頁概要」得到了獎勵——和大野狼共進午餐。

（十二）寶寶熊告訴歌蒂拉她的反派角色太平淡單調了。她做了一些修正，但是小豬告訴她大野狼不會喜歡她的反派角色。

（十三）歌蒂拉帶著不知道大野狼會怎麼說的不安心情去和大野狼共進午餐，但是牠很喜歡她的反派角色，還把自己的人生故事告訴了歌蒂拉。

（十四）歌蒂拉責備寶寶熊害她必須要做「回頭檢視」，但寶寶熊解釋「回頭檢視」原本就是必要的工作。

（十五）寶寶熊教授如何寫「長版概要」。小豬在歌蒂拉拒絕牠請她協助的要求、並且被大野狼斥責之後離開了教室。

（十六）寶寶熊在大野狼小睡的時候教授了如何寫「角色設定集」。過了一陣子之後，他們都聽到了鳴笛聲。

（十七）小豬被殺害，大野狼也因為殺害小豬而遭到逮捕。

（十八）歌蒂拉到獄中探望大野狼，她認為大野狼是無辜的，也誓言要為牠洗清罪名。

（十九）歌蒂拉想不到能還大野狼清白的方法，於是她完成了作業之後，便拖著疲憊的身子上床睡覺了。

（二十）歌蒂拉學到了如何寫「場景表」，而當寶寶熊提到「時間戳記」的時候，她突然靈機一動。

（二十一）歌蒂拉找到了證明大野狼清白的證據。但是當她把證據拿給小小豬看的時候，小小豬卻打算殺了她。

（二十二）歌蒂拉嚇壞了，連叫都叫不出聲音來，但是最後她總算能夠拿
　　　　起胡椒噴罐噴向小小豬。

（二十三）歌蒂拉向全班解釋了所有發生的一切，寶寶熊也順勢教授了
　　　　「目標／衝突／挫敗」和「反應／困境／決定」以及「雪花分
　　　　形寫作法」的第九步驟。

（二十四）歌蒂拉安排好她的第一個場景並且開始動筆，她很流暢地寫出
　　　　了內容。她完成了初稿，自己也對內容感到非常滿意！

（二十五）我們摘要了「雪花分形寫作法」的十個步驟。

（二十六）我們檢視了這本書的「雪花寫作」設計。

步驟九：場景細節

（一）　歌蒂拉開始動手寫她的第一部小說，但是卡住了。她不知
　　　道該如何下筆。於是她決定要去參加一場研討會。

　　　視角人物：歌蒂拉

　　　標題：不切實際的夢想

　　　一段敘述性的摘要，關於歌蒂拉與她想寫小說這個不切實
　　　際的夢想。

　　　目標：寫出她小說的第一章。

　　　衝突：她不知道要如何下筆，也害怕自己一開始就走錯方
　　　向。

　　　挫敗：一整天下來她只寫了一個字：「這」。

　　　反應：歌蒂拉哭了。

　　　困境：要怎麼樣才能學到如何開始動筆呢？

　　　決定：去參加寫作研討會，學習如何寫一部小說。

（二）　歌蒂拉跟著爸爸熊上了第一堂課，她試了「大綱式寫作法」。但是這一點也不合她用，它太無聊了。

　　　　視角人物：歌蒂拉

　　　　目標：上爸爸熊的「大綱式寫作」課。

　　　　衝突：她不喜歡寫大綱。

　　　　挫敗：她討厭自己的小說，但她甚至還沒開始動筆呢。

（三）　歌蒂拉上了媽媽熊的課，並接著嘗試了「有機寫作法」。但這種寫作法也不奏效，它太混亂了。

　　　　視角人物：歌蒂拉

　　　　目標：上媽媽熊的「有機式寫作」課。

　　　　衝突：她試過這個方法了，對她來說沒有用。

　　　　挫敗：她還是只寫了一個字：「這」。

（四）　歌蒂拉急切想要上課。她看見有一門主要課程在教授「雪花分形寫作法」，便決定要去上這門課。

　　　　視角人物：歌蒂拉

　　　　反應：歌蒂拉感到很急切。

　　　　困境：再來呢？

　　　　決定：上寶寶熊的「雪花分形寫作」課。

（五）　歌蒂拉參加了寶寶熊的一系列課程，寶寶熊讓她擔任作為示範的志願者，並且教她如何定義她的「目標觀眾」。

　　　　視角人物：歌蒂拉

　　　　標題：你的目標觀眾

　　　　目標：學習如何寫小說。

衝突：寶寶熊讓歌蒂拉坐在全班同學面前，定義她的「目標觀眾」。

挫敗：她還是不知道要怎麼寫她的小說，而且他們把所有時間都浪費在討論無聊的行銷上面。煩死了！

（六）　在寶寶熊的大力鞭策下，歌蒂拉終於把「一句話摘要」寫了出來。

　　　　視角人物：歌蒂拉

　　　　標題：用一句話說故事

　　　　目標：學習「雪花分形寫作法」

　　　　衝突：寶寶熊要她用少於二十五個字說完她的一整個故事！太荒謬了！

　　　　挫敗：她想出了一個很棒的「一句話摘要」，但是她知道這並不是完整的小說。

（七）　寶寶熊解釋了什麼是「雪花分形」以及你的故事會如何一點一點發展出來。然後大野狼把牠一槍射倒在地上。

　　　　視角人物：歌蒂拉

　　　　標題：你的創意典範

　　　　目標：找出如何從一小段句子發展成完整小說的方法。

　　　　衝突：歌蒂拉不相信這個方法對她有用。這聽起來太簡單了，寫小說應該是很複雜、很困難的事才對。

　　　　挫敗：寶寶熊被大野狼殺了。

（八）　寶寶熊解釋什麼是「三幕劇結構」，並且幫助歌蒂拉寫出她的「一段摘要」。

視角人物：歌蒂拉

標題：陷於險境的重要性

反應：歌蒂拉震驚、害怕、而且憤怒。

困境：大野狼威脅她不得使用「雪花分形寫作法」。

決定：她攻擊牠，接著發現這全是一場騙局——寶寶熊沒死，而大野狼其實是牠的助手。

目標：學習「三幕劇結構」。

衝突：歌蒂拉學得很辛苦。

挫敗：她創作了一個相當不錯的摘要段落，但這內容感覺很平淡，因為其中只有情節安排，沒有人物刻劃。

（九）　歌蒂拉學習了關於角色的「目標」、「抱負」、和「價值」，並且把這些元素組合起來套用在她的主要人物上。

視角人物：歌蒂拉

標題：沒有什麼比角色更重要

目標：創作「人物表」

衝突：歌蒂拉不了解什麼是「目標」、「抱負」、和「價值」。

挫敗：她完成了所有「人物表」，除了反派角色之外。寶寶熊肯定不是要她把時間浪費在反派角色上。

（十）　歌蒂拉的「一頁概要」得到了獎勵——和大野狼共進午餐。

視角人物：歌蒂拉

標題：你的一頁故事

目標：讓寶寶熊看看她完成的內容。

衝突：寶寶熊暗示歌蒂拉她的反派角色屬性不太一致，大野狼也和歌蒂拉起了一些爭執。

挫敗：歌蒂拉的「一頁概要」得到了獎勵──但獎品是和大野狼共進午餐！

（十一）寶寶熊告訴歌蒂拉她的反派角色太平淡單調了。她做了一些修正，但是小豬告訴她大野狼不會喜歡她的反派角色。

視角人物：歌蒂拉

標題：你的人物的秘密故事

目標：為她所有的人物寫下「人物概要」。

衝突：歌蒂拉並不是很情願多花點心思在她的反派角色上。

挫敗：小豬告訴她，讓她的反派人物變得有血有肉會毀了這個角色，大野狼一定會嘲笑她的。

（十二）歌蒂拉帶著不知道大野狼會怎麼說的不安心情去和大野狼共進午餐，但是牠很喜歡她的反派角色，還把自己的人生故事告訴了歌蒂拉。

視角人物：歌蒂拉

標題：你的第二場災難與道德前提

目標：歌蒂拉只想跟大野狼把午餐吃完，即使她很確定大野狼會回絕她。

衝突：大野狼很喜歡她的故事，也告訴她自己同樣身為反派的人生故事。牠對她說明，她的故事終於有了「道德前提」。

挫敗：歌蒂拉很開心大野狼喜歡她的故事，但是現在她對

於自己得做很多「回頭檢視」感到很沮喪。

（十三）歌蒂拉責備寶寶熊害她必須要做「回頭檢視」，但寶寶熊
解釋「回頭檢視」原本就是必要的工作。
視角人物：歌蒂拉
標題：為什麼「回頭檢視」是件好事
目標：責備寶寶熊，因為歌蒂拉還是得做「回頭檢視」，
「雪花分形寫作法」初次嘗試的結果並不完美。
衝突：寶寶熊說「回頭檢視」是件好事。
挫敗：因為這會花上太多工夫，有些學生因而離開了教
室。
反應：歌蒂拉很氣餒、也很疲倦。
困境：如果之後她還是得回來檢視她作過的東西，那麼她
不如先簡單帶過就算了。
決定：她盡力做到最好，也決定要和大野狼談談，看牠是
否願意成為她的經紀人。

（十四）寶寶熊教授如何寫「長版概要」。小豬在歌蒂拉拒絕牠請
她協助的要求、並且被大野狼斥責之後離開了教室。
視角人物：歌蒂拉
標題：你的「長版概要」
目標：歌蒂拉想要請大野狼擔任她的經紀人。
衝突：歌蒂拉發現如果沒有寫一份「長版概要」的話，她
可能找不到好的經紀人；但是經紀人或許也根本不會仔細
閱讀她所寫的概要。這聽起來只是在白費力氣罷了。
挫敗：大野狼對小豬爆發的憤怒情緒讓歌蒂拉感到相當沮

喪，現在她不確定大野狼是不是適合她的經紀人了。

（十五）寶寶熊在大野狼小睡的時候教授了如何寫「角色設定集」。過了一陣子之後，他們都聽到了鳴笛聲。

視角人物：歌蒂拉

標題：你的角色設定集

目標：歌蒂拉很想繼續發展她的角色們。

衝突：歌蒂拉在她的角色上面還有很多她連想都沒想過的功課得做。

挫敗：外頭響起了鳴笛聲，直到這時候大家才發現大野狼不見了。

（十六）小豬被殺害，大野狼也因為殺害小豬而遭到逮捕。

視角人物：歌蒂拉

標題：你的第三個災難

反應：所有人對於小豬被殺害都感到非常震驚。

困境：大野狼被逮捕了，而雖然所有證據都是間接證據，但情況看起來對牠十分不利。

決定：歌蒂拉不相信大野狼是有罪的，她決定要去和牠談一談。

（十七）歌蒂拉到獄中探望大野狼，她認為大野狼是無辜的，也誓言要為牠洗清罪名。

視角人物：歌蒂拉

目標：取得大野狼這一方的故事。

衝突：所有證據都指向大野狼有罪。歌蒂拉有的只是她對

於大野狼善良本質的堅信不移。

挫敗：大野狼放棄希望了。

（十八）歌蒂拉想不到能還大野狼清白的方法，於是她完成了作業
之後，便拖著疲憊的身子上床睡覺了。

視角人物：歌蒂拉

標題：你的場景表

目標：找出如何還大野狼清白的方法。

衝突：她試著把牠的案子當成一個故事，利用「人物概
要」來處理，但是沒有用。

挫敗：她沒有足夠的證據。

（十九）歌蒂拉學到了如何寫「場景表」，而當寶寶熊提到「時間
戳記」的時候，她突然靈機一動。

視角人物：歌蒂拉

目標：學習「雪花分形寫作法」的下一個步驟。

衝突：歌蒂拉小說的第一個場景並不是很明確。誰是這一
個場景的視角人物？這一個場景中又該包含多少背景故
事？

挫敗：寶寶熊跟她談起了「時間戳記」。這說起來不能算
是挫敗，反而是一個珍貴的決勝點，但是只有歌蒂拉看出
端倪來。她飛奔出教室，即便寶寶熊喊著說課還沒上完。

（二十）歌蒂拉找到了證明大野狼清白的證據。但是當她把證據拿
給小小豬看的時候，小小豬卻打算殺了她。

視角人物：歌蒂拉

標題：目標、衝突、挫敗

目標：取得昨天事件的時間戳記。

衝突：爸爸熊不打算幫忙，但是牠最後還是找出了牠買咖啡的收據。歌蒂拉偷偷拿走了相機。

挫敗：歌蒂拉發現了可以證明大野狼清白的證據，並且拿給小小豬看。牠掏出了注射針筒。

（二十一）歌蒂拉嚇壞了，連叫都叫不出聲音來，但是最後她總算能夠拿起胡椒噴罐噴向小小豬。

視角人物：歌蒂拉

標題：反應、困境、決定

反應：歌蒂拉嚇壞了。

困境：她沒辦法跑。她沒辦法和小小豬對戰。她沒辦法躲起來。

決定：她掏出了胡椒噴罐，往小小豬的眼睛直噴。

（二十二）歌蒂拉向全班解釋了所有發生的一切，寶寶熊也順勢教授了「目標／衝突／挫折」和「反應／困境／決定」以及「雪花分形寫作法」的第九步驟。

視角人物：歌蒂拉

標題：規劃你的場景

目標：上完工作坊的課程。

衝突：無。歌蒂拉解釋了她所做的一切，而寶寶熊則說明其中的每一個步驟對應了主動式或反應式場景的哪個部份。

挫敗：他們幾乎沒有時間了。歌蒂拉對於時間都被自己

占用掉感到糟透了。

（二十三）歌蒂拉安排好她的第一個場景並且開始動筆，她很流
暢地寫出了內容。她完成了初稿，自己也對內容感到
非常滿意！

視角人物：歌蒂拉

標題：開始寫你的小說

歌蒂拉坐下來寫她的小說，她一開始打字，文字就不
斷流洩出來。她在寫第一個場景時文思泉湧，當她寫
完的時候，她意識到自己是一個小說作家了。前面還
有很長的路要走，但是她知道她可以寫出屬於自己的
一部小說，而且會是一部出色的小說——結構完美，
而且故事中自然呈現出一個強烈的主題。歌蒂拉非常
開心。

（二十四）我們摘要了「雪花分形寫作法」的十個步驟。

（二十五）我們檢視了這本書的「雪花寫作」設計。

想要繼續學習？

想要把你的小說提昇到另一個層次？

我相信改善寫作技巧最快速的方法，就是學習如何寫出強而有力的場景。「爆炸性的場景（dynamite scenes）」。

我們在第十七章裡說明了場景寫作的基本概念。但是我另外有一整本書在深入探討場景，書中還有許多擷取自三本暢銷小說的範例。今天就成為場景忍者吧，因為假使你能寫出一個爆炸性的場景，你就可以寫得出一百個——而那就是一部小說。

假使你喜歡這本書⋯⋯

來自歌蒂拉的話：「口碑是全宇宙最有力的行銷手段。假使你喜歡我的冒險歷程的話，歡迎你為這本書評分並且留下你的評論。你不需要寫很多字——只要幾行關於這本書帶給你的感受就可以了。」

非常謝謝你！我對你深表感激！

免責聲明

這是一則「商業寓言」——故意偽裝成小說的非小說教具。所有姓名、人物、企業、和政府組織都是完全虛構或者經過編造。如有與真實人物、企業、或政府組織雷同之處，純屬巧合而不代表任何意義。

致謝

謝謝安姬・杭特（Angie Hunt），她關於「拿什麼來比喻寫初稿」的提問讓我在二〇〇二年夏天想出了「雪花分形」的類比。也謝謝珍奈爾・史耐德（Janelle Schneider），她是看出「雪花分形寫作法」有天會變得如何廣受歡迎的第一人。

中英名詞對照

amiable 親和型

analytical 分析型

Animal House《動物屋》

Baby Bear 寶寶熊

backtracking 回頭檢視

Barbie's Barbecue House 芭比烤肉屋

bazinga 中招

Benny 班尼

big-band music 大樂團音樂

Bronx 布朗克斯

Casablanca《北非諜影》

character bibles 角色設定集

character summary sheets 人物摘要表

Charles 查爾斯

Charles de Gaulle 戴高樂

creative paradigm 創意典範

crime scene tape「犯罪現場」膠帶

Darth Vader 黑武士

D-Day D日

Dirk Steele 德克‧斯第爾

double-spaced 兩倍行高

Down syndrome 唐氏症

driver 強勢型

Dursleys 德思禮一家人

dynamite scenes 爆炸性的場景

Elise Renoir 伊莉絲‧雷諾瓦

Evian「依雲」礦泉水

expressive 表達型

Fame《名揚四海》

Fredrick Forsyth 弗瑞德里克‧福賽斯

Friar Tuck 塔克修士

Goldilocks 歌蒂拉

Great Depression 經濟大蕭條

Harvard Business School 哈佛商學院

Harvey Potter 哈味波特

Henri 亨利

Home Depot 家得寶

Jack Higgins 傑克‧希金斯

Ken Follett 肯‧福萊特

Kristallnacht 水晶之夜

Lincoln 林肯

list of scenes 場景表

Lizzie Bennet 伊莉莎白‧班奈特

long synopsis 長版概要

Lowe's 勞氏

Luke 路克

Maid Marian 瑪麗安姑娘

male chauvinist pig 男性沙豬

Mama Bear 媽媽熊

Marian 瑪莉安

Mario Puzo 馬里奧‧普佐

Michael 麥可

Monique 莫妮克

moral premise 道德前提

Mr. Darcy 達西先生

Mr. Wickham 韋克翰先生

Mrs. Hubbard 哈伯德太太

Much the Miller's Son 磨坊工之子馬區

National Enquirer《國家詢問報》

Obi-Wan Kenobi 歐比王‧肯諾比

one-page synopsis 一頁概要

one-paragraph summary 一段摘要

one-sentence summary 一句話摘要

Papa Bear 爸爸熊

point-of-view character，POV character 視角人物

Pride and Prejudice《傲慢與偏見》

proactive scene 主動式場景

Randy Ingermanson 蘭迪‧英格曼森

reactive scene 反應式場景

Richard the Lion King 獅心王理查

Robert Ludlum 羅伯特‧陸德倫

Saxon 薩克遜

sheriff of Nottingham 諾丁罕的郡長

Sherwood Forest 雪伍德森林

single-spaced 單行間距

snowflake fractal 雪花分形

Snowflake Method 雪花分形寫作法

Spanish flu 西班牙流感

Stan Williams 史坦・威廉斯

Star Wars《星際大戰》

Stephen King 史蒂芬・金

target audience 目標觀眾

The Allies 盟軍

The Big Bad Wolf Literary Agency 大野狼作家經紀公司

The Bourne Identity《神鬼認證》

The Day of the Jackal《豺狼末日》

The Godfather《教父》

The Moral Premise《故事的道德前提》

The Third Reich 第三帝國

The Wizard of Oz 綠野仙蹤

Thoreau 梭羅

three-act structure 三幕劇結構

Three-Disaster Structure 三災劇結構

Tiny Pig 小小豬

Will Scarlett 威爾・史考雷

國家圖書館出版品預行編目資料

小說家之路：啟發無數懷抱寫小說夢想的人，「雪花分形寫作法」的十個
步驟帶你「寫完」一本好小說／蘭迪‧英格曼森 (Randy Ingermanson)
著；林育如譯──初版 . ──臺北市：商周出版：家庭傳媒城邦分公
司發行，2019.08 面；公分
譯自：How to write a novel using the snowflake method

  ISBN 978-986-477-681-8 (平裝)

  1. 小說 2. 寫作法

812.71   108008314

小說家之路
HOW TO WRITE A NOVEL USING THE SNOWFLAKE METHOD
啟發無數懷抱寫小說夢想的人，「雪花分形寫作法」的十個步驟帶你「寫完」一本好小説

作   者／蘭迪‧英格曼森（Randy Ingermanson）
譯   者／林育如
責 任 編 輯／賴曉玲

版   權／黃淑敏、翁靜如
行 銷 業 務／莊英傑、王瑜、黃蕙芠
總 編 輯／徐藍萍
總 經 理／彭之琬
事業群總經理／黃淑貞
發 行 人／何飛鵬
法 律 顧 問／元禾法律事務所　王子文律師
出   版／商周出版
         台北市104民生東路二段141號9樓
         電話：(02) 25007008　傳真：(02)25007759
         E-mail：bwp.service@cite.com.tw
         Blog：http://bwp25007008.pixnet.net/blog
發   行／英屬蓋曼群島商家庭傳媒股份有限公司 城邦分公司
         台北市中山區民生東路二段141號2樓
         書虫客服務專線：02-25007718；25007719
         服務時間：週一至週五上午 09:30-12:00；下午 13:30-17:00
         24 小時傳真專線：02-25001990；25001991
         劃撥帳號：19863813；戶名：書虫股份有限公司
         讀者服務信箱：service@readingclub.com.tw
         城邦讀書花園：www.cite.com.tw
香港發行所／城邦（香港）出版集團有限公司
         香港灣仔駱克道193號東超商業中心1樓；E-mail：hkcite@biznetvigator.com
         電話：(852) 25086231　傳真：(852) 25789337
馬新發行所／城邦（馬新）出版集團 Cité (M) Sdn. Bhd.
         41, Jalan Radin Anum, Bandar Baru Sri Petaling, 57000 Kuala Lumpur, Malaysia.
         Tel: (603) 90578822 Fax: (603) 90576622 Email: cite@cite.com.my

封 面 設 計／斐類設計工作室
排   版／極翔企業有限公司
印   刷／卡樂彩色製版印刷有限公司
總 經 銷／聯合發行股份有限公司　新北市231新店區寶橋路235巷6弄6號2樓
         電話：(02)2917-8022 傳真：(02)2911-0053

■2019年8月1 日初版   Printed in Taiwan
■2022年9月6 日初版2刷
定價450元

城邦讀書花園
www.cite.com.tw